光文社文庫

文庫書下ろし

SCIS 科学犯罪捜査班Ⅲ

天才科学者・最上友紀子の挑戦

中村 啓

光 文 社

この作品は光文社文庫のために書下ろされました。

「ＳＣＩＳ 科学犯罪捜査班 Ⅲ」目次

SCIS 科学犯罪捜査班Ⅲ　おもな登場人物

小比類巻祐一……警察庁刑事局刑事企画課所属。警視正。34歳。SCISチームを率いる。

最上友紀子……元帝都大学教授。天才科学者。祐一の大学時代の知人。SCISチームの一員。34歳。

島崎博也……警察庁刑事局刑事企画課課長。警視長。42歳。

長谷部勉……警視庁捜査一課第五強行犯殺人犯捜査第七係係長。警部。47歳。SCISチームの一員。

玉置孝……警視庁捜査一課第五強行犯殺人犯捜査第七係捜査員。巡査部長。35歳。SCISチームの一員。

山中森生……警視庁捜査一課第五強行犯殺人犯捜査第七係捜査員。巡査。26歳。SCISチームの一員。

奥田玲音……警視庁捜査一課第五強行犯殺人犯捜査第七係捜査員。巡査。29歳。SCISチームの一員。

カール・カーン……国際的な非営利団体、ボディハッカー・ジャパン協会代表。

ＳＣＩＳ　科学犯罪捜査班　Ⅲ

序章

小比類巻祐一は心臓が早鐘のように打つのを感じた。

最寄り駅のいつも使う電車とは反対方向を走る車内で、妻の亜美に生き写しの女を見た。前にも一度、目にして声をかけられなかった女だ。

反対側のホームのベンチで待つことようやく、再び見つけたのだ。祐一は電車に飛び乗ると、Ｔシャツにジーンズという服装の、亜美に似た女に歩み寄った。

顔も背格好もまったく同じである。間違いない、亜美だ。

五年の歳月は亜美の印象をわずかに変えていた。全体的に少し痩せただろうか。髪を肩に届くまで伸ばしており、ヘアスタイルも変えたようだ。

祐一は亜美の表情をうかがった。祐一を祐一と認識していない、困惑した目が見つめ返していた。

冷たい衝撃が背中を伝う。

「きみは誰だ？」

それが再会の最初の言葉になった。

祐一のつぶやいた、ぶしつけな言葉に女は驚いていた。

――あなたは誰？

亜美がそう祐一に尋ねる未来なら予想していた。

マイナス一九六度の液体窒素で満たされた冷却器の中で、亜美が長い歳月を経てようやく目を覚ましたとき、解凍は上手くいっても、記憶に多少の障害が出たとすればおかしくはない。

――きみは誰か？

亜美ではなく、自分の口からその言葉が出るとは予想外だった。

祐一はあらためて問い直した。

「亜美……？　きみは小比類巻亜美、そうだね？」

女は啞然（あぜん）としていたが、ややつっけんどんな口調で言った。

「いえ、違います。失礼ですが、どなたでしょうか」

「小比類巻祐一です。きみの……夫です」

「はい？　人違いです……」

きっぱりと言い切られ、祐一は気が動転してしまった。こんなにそっくりな別人などこの世でありえない。

亜美が双子だという話は聞いたことがないが、何らかの事情により祐一に話せなかった過去があるのか。

「あなたは……双子ではないですか？」

「違いますけど……。あの、どういうことですか？」

女は警戒をあらわにして、後ずさりを始めていた。

どういうことか知りたいのはこっちのほうだった。

「お兄さん」

近くにいた年配の女性が心配そうに話しかけてきた。

「お嬢さんのほうは嫌がっているみたいだから」

愕然としたことに、祐一がナンパをしているとでも思ったらしい。

お節介にも口を突っ込んできた女性に腹が立った。亜美と生き写しのこの女の存在が、祐一にとってどれほど重要な意味を持っているのか、わからないのだ。

前の席に座っていた初老の男性まで、年配の女性の味方についた。

「そうだよ。きみ、やめなさい」

祐一は顔から火が出るような羞恥心（しゅうちしん）にまみれた。

祐一は彼らのことは無視して、亜美に似た女のほうを向いた。

「断じて怪しい者ではありません。大変に申し訳ないのですが、次の駅で降りていただけませんか？」

女は祐一の強い調子に驚いている様子だった。

「どういうことか説明してください」

このような使い方はしたくなかったと思いつつ、祐一はスーツの内ポケットから身分証を取り出した。

「警察庁の者です。あなたにうかがいたいことがあります」

見せられた運転免許証の名は、〈黛（まゆずみ） 美羽（みわ）〉となっていた。偽造でもなければ、嘘をついているとも思えず、祐一は信じられない思いだった。

どういうカラクリなのか。美羽と名乗る女への興味が募った。

美羽は派遣の仕事に行かなくてはならなかったが、少しなら時間があるとのことで、二人は駅構内のコーヒーショップに入った。もちろん、コーヒー代は祐一が支払う。

「わたしの妻は……、旧姓は四宮というんですが、五年前にがんで他界しました。あなたは妻に生き写しなんです。どうしてあなたは、そんなに妻に、亜美に似ているんですか？」

美羽は困惑していたが、当然だろう。祐一のほうがおかしなことを言っているのだ。それはわかっているのだが、そう聞かずにはいられなかった。

亜美と美羽が遺伝的に何ら結びつかないということはありえない気がした。あらためて間近で見ても、顔も身体つきもそっくりなのだ。

祐一はスマホに保存されていた生前の亜美の写真を見せた。

「妻です」

美羽は驚くと同時におびえたようだった。自分とまったく同じ顔の人間を目にすれば、人は恐怖さえ抱くのかもしれない。

「二カ月前、遊園地でうちの娘に声をかけてきたのは、あなたではなかったんですか？」

美羽は首を振った。

「違います」

美羽はスマホを返しながら、考え込むようにうつむいた。

どこか様子がおかしい。話そうか話すまいか迷っているようだ。

「どうかしたんですか？」

美羽はしぶしぶ秘密を打ち明けるような口調で言った。

「実は……わたしが、わたしに似た人を見るのは、亜美さんが初めてじゃないんです」

「どういう意味ですか？」

美羽は自分のスマホを操作して、祐一のほうに見せた。それはツイッターの画面で、あるユーザーのプロフィールのページに、亜美そっくりの女の写真が表示されていた。

祐一は確認するまでもないとも思ったが尋ねた。

「これは、あなたですよね？」

美羽は小さく首を振った。

「違うんです。須藤朱莉さんという方です。ユーザーネームも〝あかり〟となっています」

「そんな馬鹿な……」

祐一は美羽のスマホをもぎ取るように奪うと、あらためてツイッターの写真を見つめた。

「友人がたまたま見つけて、知らせてくれたんです。わたしのほうから朱莉さんに連絡して、三カ月ぐらい前にお会いしました。そのとき、朱莉さんからさらに驚くことを言われたんです。わたしたちにそっくりな女性が他にも二人いるって……」

祐一は耳を疑った。

「それは……どういうことですか？」

「わたしにもわかりません。とにかく、わたしとよく似た顔の人が、この世にわかっているだけでも、亜美さんを含めれば五人は存在するということです」

世の中には自分とよく似た人間が三人いるなどと言われるが、亜美と美羽そして朱莉の似かよい方はそんなレベルではない。完全に同一なのだ。

「待ってください。あなたと朱莉さんと亜美がまったくの他人ということは絶対にありえない」

つい語気が荒くなってしまった。

美羽を困惑させてしまっていた。

「そう言われても……。断っておきますが、わたしの父と母は間違いなく、いまの父と母です。養子でもらわれてきたわけではありません。朱莉さんにも確認しましたが、ご両親はいまのご両親に間違いないそうです。本当に不思議なことですが、わたしたちが赤の他人というのは事実なんです」

「信じられない……」

祐一は愕然として椅子の背にもたれた。驚かされると同時に激しく落胆もしていた。

亜美だと思って声をかけた女は亜美ではなかった。妻は生き返ってなどいなかったのだ。亜美に酷似した女の存在を不可解に思うが、美羽のほうは、ここまで完全に同じ顔をしていながら、しょせん他人の空似程度にしか考えていないようだ。

そんな彼女の態度にもがっかりしていた。祐一が亡き妻を冷凍保存した上、その復活を待ち望んでいることなど知る由もない。妻が生き返ったと思い込んで、思わず声をかけてしまったとは想像すらしていないだろう。

祐一は最上のことを考えた。最上友紀子博士に連絡するべきだろうか。

過日、最上にそれとなく、死者と瓜二つの人間と出会ったらどうするべきかと相談してみたとき、最上はまず何かの間違いを疑い、もしも間違いでないのなら、ぜひわたしの目の前に連れてきてほしいなどと言っていたが……。

美羽を最上のもとに連れて行くべきだろうか。

亜美と最上は、最上博士が提案したがんのナノボット治療を行うときに、数回会っており、非常に近しい友達のような関係になった。結果的にその試みは失敗に終わってしまったが。トランスブレインズ社によって営まれた、〝偽装された葬儀〟の席で、最上は泣きに泣いたものだ。

最上には死者を生き返らせることを快く思っていないふしがある。

死んだ亜美がよみがえったと思って声をかけた？　そんな馬鹿げたことを考えるのは、妻を冷凍保存している人間だけだ。

最大の秘密がバレかねない。美羽を最上に引き合わせるのは得策ではなかろう。

ふと美羽の首の下あたりに目をやると、首から垂れるネックレスが見えた。なぜそんなものを身に着けているのかと衝撃に似た驚きを覚える。

「それは、ボディハッカー・ジャパン協会のネックレスですね？」

ボディハッカー・ジャパン協会は、最先端の科学技術で人類を進化させようというトランスヒューマニズムの思想を持った者たちが集まる団体である。その代表のカール・カーンとはこれまでに何度か会っていた。

美羽はネックレスをぼんやりと手に取った。それがあることにいま気づいたというように。

「美羽さんはメンバーなんですか？」

「いえ、実はこれ、朱莉さんからもらったんです。運がよくなるパワーストーンだそうです。わたしたちが知り合った証にって……」

「朱莉さんはその協会のメンバーなんでしょうか？」

「さあ、そういうことは聞いていません」

亜美を管理しているトランスブレインズ社の顧問にはカール・カーンが名を連ねている。祐一がかかわりあった事案には、避けては通れない障壁のように、たびたびカール・カーンが現れるのだ。

亜美と同じ顔を持つ女が何人もいるという不可思議なこの事案にも、カーンが関係しているのだろうか？

「朱莉さんに会わせてもらうことはできますか？」

「朱莉さんに連絡してみます」

美羽は快く引き受けてくれた。

彼女たちと会っても、亜美が生き返ることにはならないのはわかっている。

妻と同じ顔を持つ女たちの謎を放っておく選択肢はなかったのだ。

第一章　編集される生命

1

黛美羽からの連絡がないまま、一週間が経過した。

ツイッター上で出会った美羽とそっくりの女性、須藤朱莉を紹介してくれるという約束は忘れられてしまったのか。それとも、警察庁の男が会いたいと言っていると伝えたら、朱莉は戸惑いを示したのか。

別れ際に美羽の電話番号と住所は聞いていた。何度かその番号にかけてみたが、応答はなかった。

小比類巻祐一は途方に暮れ、そして、黛美羽のことを考えた。

一度会っただけなのに、祐一はもう美羽に会いたくなっていた。顔がそっくりというだけで、性格はまるで亜美とは違うように思う。それでも、美羽と会って話をしていたあの間は、亜美と一緒にいるような、久しく感じたことのない懐かしいときめきを感じた。

美羽に会いたいという思いは裏切りになるだろうか。亜美を愛するがゆえに美羽に会いたいのだが、都合のよい言い訳だろうか。

美羽はどう思っているのだろう。美羽にとって祐一は、亡き妻によく似ているとの口実で口説いてきた不審な人物に過ぎなかったのか。

そう思われたとしても仕方がない。祐一が妻を冷凍保存しており、よみがえることを夢見ていることなど、知る由もなかろう。須藤朱莉や彼女の知る二人の女性たちのことも、非常によく似た赤の他人としか思っていないのだろう。自分の人生には関係のないことだと。

祐一は、須藤朱莉のアカウントだという〝あかり〟という名のユーザーを探してみたが、ヒット件数が多すぎて見つけ出すことはできなかった。

須藤朱莉にたどり着く方法は他にないだろうか？　美羽にピラミッド型のネックレス

をプレゼントしたのなら、須藤朱莉がボディハッカー・ジャパン協会のメンバーである可能性は高い。

亜美の遺体を管理しているトランスブレインズ社の顧問を同協会のカール・カーンが務めている。亜美と同じ顔をした美羽や朱莉といった存在の背後に、カール・カーンの影がちらつくのは偶然とは思えなかった。

祐一はLINEでカーンとつながっているので、面会したい旨を伝えるメッセージを送ってみたが、既読さえつかなかった。

都合の悪いことだから逃げているのか。

家族のことなのに、美羽たちのことは、母にも娘の星来にも話すことができなかった。最上を含め、SCISのメンバーにもまだ話せない。SCISとは、〈サイエンティフィック・クライム・インベスティゲーション・スクワッド〉、すなわち〈科学犯罪捜査班〉のことで、最先端の科学技術の絡んだ不可解な事件を捜査するために、小比類巻祐一警視正をトップとして結成された特別なチームだ。

これは祐一自身の問題である。自分一人の力で真相を突き止めなければならない、そう思った。

「亜美……」

祐一はつぶやいた。

トランスブレインズ社の映像は、一時期からずっと変わらない、同じ映像を流しているものと思っていたが、祐一の勘違いだったのだろう。亜美はまだ冷却器の中で眠らされているのだ。

二カ月ほど前、娘の星来を遊園地に連れて行ったとき、亜美によく似た女が話しかけてきたと、星来が話したことを思い出した。

その女は「星来」と名を呼んだそうだ。美羽は知らないと言っていたが。

星来の聞き間違いだろうか。

それとも――。


霞が関二丁目、中央合同庁舎二号館。警察庁刑事局刑事企画課の入ったフロアで祐一は、上司の島崎博也（しまざきひろや）課長からいつになく深刻な様子で呼び出しを受け、オフィスの隣にある課長室を訪れた。

島崎はおそらくストライプ柄のスリーピース以外のスーツを持っていない。今日もピンストライプのスリーピーススーツ姿で、祐一が入室したときには、重厚な赤茶色の調度品がそろえられた部屋で、日当たりのよい応接セットの革張りの椅子に腰掛け、優雅に足を組みながら、フレームレスの眼鏡をハンカチで拭いていた。

これほど眉間に深いしわを刻んだ島崎を見るのは初めてだった。

「よう、コヒ。そこに座ってくれ」

ソファセットの対面の席に着くと、テーブル越しに一枚の写真を寄越した。

「この人物と面識はあるか？」

亜美の写真だった。島崎が妻を知らないわけがない。冗談かと思ったが、すぐに髪型や服装など、どこか雰囲気が違うことに気づいた。

黛美羽だ。

はっとして、島崎を見た。鋭い視線とぶつかる。

なぜ島崎が黛美羽を知っているのか。課長室に呼び出し、深刻な表情で黛美羽の写真を見せるのはなぜか。

冷凍保存された亜美の顔が頭に浮かんだ。

島崎はどこまで知っているのか。

秘密を持つものはいつも、それがバレないかとおびえながら生きることになる。

祐一はこわばった顎を引いた。下手な嘘はつかないほうが身のためだ。

「ええ、知っています。黛美羽です」

「そうか……」

島崎はため息交じりに言った。

「黛美羽は死んだ。二日前の晩、ひき逃げに遭った。車は盗難車で、容疑者は捕まっていない」

わけがわからなかった。島崎の顔が二重になって見えた。

「大丈夫か？」

祐一は瞬きをした。

「え、ええ……」

「いや、大丈夫そうじゃない。深呼吸をしろ」

言われたとおり、祐一は深呼吸をした。呼吸を整えて、頭の中であらためて島崎の言葉を理解しようと努めた。

——黛美羽が死んだ。二日前の晩、ひき逃げに遭った。車は盗難車で、容疑者は捕まっていない。

頭の中で島崎の言葉が繰り返されたが、そこから先に、思考が進んでいかない。疑問さえ浮かばない。ただその事実だけが胸に突き刺さった。

頭が再びふらふらとした。

島崎の声が言った。

「警視庁の捜査一課長から連絡があってな。黛美羽のスマホを解析した結果、おまえからのメッセージを見つけたと報告があった。おまえは独身だからな、恋人かと思ったが、写真を見せられて驚いたよ。亡くなった奥さんにそっくりじゃないか。亡くなっていなかったのかと疑って、過去の手帳を読み返して葬儀の日にちまで確認したくらいだ。どういう経緯で知り合った？　なぜ亜美さんにそっくりな顔をしている？　説明しろ」

しばらくしてようやく頭が働き出した。話していい部分といけない部分があるのではないかと頭が計算を始めた。

「最寄り駅のホームで偶然見かけました。あまりにも亜美に似ていたので、遺伝的なレベルでの関係性を疑って、こちらから声をかけました」

「ああ、おれもそう思う。それで関係はあるのか？」

「本人はないと言っていました。両親は妻の両親とは二人とも別人のようです。もう一度会って、さらに詳しい話を聞こうと思っていました……」

最大の秘密以外はすべて包み隠さず話そうかとも思ったが、美羽から須藤朱莉という もう一人の亜美と似た女性を紹介してもらうつもりだったことを、祐一はなぜか言い出せなかった。朱莉はさらに二人のそっくりな人物を知っていると語ったという。それらが事実なら、この案件の背後には科学的な陰謀がありはしないか。

彼女らはクローンではないのか?

だとしたら、亜美もクローンだということになりはしないか。

妻がクローンだったなどと思いたくもなければ、そうだとしたら他人に知ってもらいたくはない。それは秘すべきことだ。

島崎はこちらの様子をうかがっていたが、祐一が黙ったままでいると、真剣な表情で言った。

「被害者が亜美さんに似ていることは、一課長には話していない。おまえとおれだけの秘密だ。一課のほうでは、黛美羽の交友関係を中心に、トラブルはなかったか捜査中だそうだ。進展があれば、こちらに報告を上げるように言っておいたが――」

「その案件、ＳＣＩＳのほうで預からせていただくわけにはいきませんか？」

祐一は、あまりしたことがないお願いをした。

島崎の鋭い目が光ったような気がした。

「何か他に知っていることがあるようだな？」

「お願いします」

祐一は居住まいを正して頭を下げた。

島崎は理由を追及せず、意外にもあっさりとうなずいた。祐一にとって非常に個人的な問題なのだろうと思ってくれたようだ。

「何とかしよう。大きな貸しになるぞ」

恩着せがましさは健在だった。

亜美たちがクローンであり、背後にボディハッカー・ジャパン協会のカール・カーンがいるとしたら、何らかの陰謀があるかもしれない。陰謀を暴くことはＳＣＩＳの責務と一致するはずだ。

黛美羽が死んだ。殺されたのだ。自分が接触したために……。

このタイミングでは、そうとしか考えられなかった。ボディハッカー・ジャパン協会に絡んだ事件では、最上友紀子博士の同僚を殺害した容疑のかかった榊原吉郎が、放射性物質を仕込まれた同協会のネックレスをプレゼントされ、死亡した前例がある。美羽はボディハッカー・ジャパン協会の人間に殺害されたのではないのか。クローン実験の陰謀が明らかにされるのを避けるために。

祐一は自分を責めた。黛美羽はもう生き返らない。この陰謀を解き明かし、犯人を逮捕することが何よりの供養になるはずだ。そう考えるしかなかった。

黛美羽のひき逃げ事件はSCISが引き継いだとはいえ、祐一が着手したのは、警視庁の捜査一課が作成した報告書に目を通すことだけだった。

一課が作成した美羽の交友関係者リストの中に、須藤朱莉の名前はあったが、まだ身元の調査をする前にSCISへ事案が移ったために、ボディハッカー・ジャパン協会とのつながりは明らかにされていなかった。

契約しているスマホ事業者へ須藤朱莉の情報開示を求め、連絡先と住所をつかんだが、須藤朱莉はスマホの電源を切っており、夜に東中野にあるマンションの住所を訪ねたがおらず、須藤朱莉の行方もまたつかめなくなっていた。

2

九月も下旬になると、夏の殺人的な陽射しはなりをひそめ、まだ暑いとはいえ、過ごしやすい日が続いた。

祐一の夜の儀式も続いていた。トランスブレインズ社の冷却器保管所のライブ映像は相変わらず変わりなく、同じ映像を繰り返し流されていてもわからないくらいだ。

妻の亜美はいまだ永遠の眠りについているものと信じざるを得なかった。

遊園地で娘の星来に声をかけたのは誰だったのか？

黛美羽ではなく、須藤朱莉のほうが亜美を知っていて、星来に声をかけたのだろうか。

黛美羽が誰にひき逃げされたのか、わからないままだった。須藤朱莉の行方もわからないままだ。

カール・カーンに再三連絡を入れたが、連絡は取れないまま。

だんだんと過去の記憶は薄れ、新しい記憶が上書きされていった。電車の中で美羽に会ったのも夢ではなかったかというような気がしてくる。

亜美との幸せだった日々さえも……。

夢だったと片付けてしまったほうが、どんなに楽か知れないが、冷却器の中で眠る亜美の顔を見れば、おのずと夢から現実へと醒めるのだった。

祐一は妻の眠り続ける顔をただ見つめ続けた。

3

「これのどこが変死体なんだ？　この手の死体なら何度も見たことがあるぞ」

その遺体を見ても、長谷部勉警部は動じないどころかのんきな様子だった。

バツイチ婚活中の長谷部は、こぎれいなスーツに身を包み、ブランドものの臙脂色のネクタイを締めていた。少し後退した髪は後ろに撫でつけている。服装だけではアパレル関係者のようだが、厳つい顔と険しい目は刑事そのものだ。

祐一はまだ死体に慣れていなかったし、また、いったいどういうことなのかと困惑していた。

今朝方、島崎課長から連絡があり、高島平にある集合住宅団地で変死体が見つかったとのことで、祐一はＳＣＩＳの長谷部を伴って現場へ急行したのだ。

集合住宅団地は、小さな公園を中心に直方体の建物がいくつも建ち並んでいた。遺体が見つかったのは、その一つの建物の四〇三号室で、１ＬＤＫの八畳ほどのリビングに置かれた安楽椅子に、もたれるようにして一人の男が死んでいた。

驚くべきは死体がほとんど骨と皮だけのミイラのような状態だったからだ。腐るというよりは干からびており、この暑さの中にあって、ほとんど臭わなかった。

死に顔もきれいなものだった。安らぎさえ見出せるほどに。祐一もさほど気持ち悪さを感じなかったほどだ。

あらためて目の前の死体を見つめた。島崎から口頭で伝えられた内容から考えられる状態とのあまりの違いに、困惑を通り越して驚愕さえしていた。

「死後、どのくらい経ったんだろうな？」

長谷部が遺体を間近で検分しながら誰にともなく言った。

「三日ほどのはずです」

祐一は島崎が語ったことをそのまま口にした。

「何が？」

「だから、死後三日ほどのはずです」

「そんなわけがないだろう」

長谷部は振り返って、微笑みを見せた。祐一が冗談を言っていると思っているのだ。

やがてゆっくりと真顔になると、驚きの表情を浮かべた。

「嘘だろ？　死後三日やそこらで死体がこんなふうになるなんてことが……」

「だから、島崎さんは変死体だと言ったんでしょう」

長谷部はキッチンに行くと、冷蔵庫を開いた。祐一も覗いてみたが、食料は十分なほど貯蔵されていた。

「おかしいな。食べ物がなかったわけじゃない。断食でもしていたのか？」

「どうでしょうね。柴山先生の解剖で何かわかるかもしれません。その結果次第では、最上先生からも話を聞くことも……」

「また科学絡みかもしれないのか」

やれやれというように、長谷部は肩をすくめてかぶりを振ったが、その顔は心なしか嬉しそうだった。

「となると、ＳＣＩＳの出番だな」

「そういうことです」

SCISは、警視庁捜査一課の第五強行犯殺人犯捜査第七係の長谷部勉警部を実働部隊の長として、その下に三人の優秀ながら個性的な捜査員を置き、天才科学者の最上友紀子をアドバイザー的な存在として擁している。

「ホトケの身元は？」

「菅谷太一、五十八歳。東京科学大学の教授です。ゲノム編集の第一人者とのことで、その点も島崎さんがこの件に注目する理由の一つなんでしょう。第一発見者は菅谷教授の助手で、無断欠勤を不審に思ってここを訪ねたんだそうです」

「ふーん。で、そのゲノム編集とは？」

祐一は小首をかしげた。

「おそらく遺伝子操作の延長線上にある技術だとは思うんですが、詳しいことはちょっと……」

「ああ、遺伝子操作って、馬に翼を付けてペガサスをつくったりするやつか」

「そんなことに取り組んでいる研究者は世界中に一人もいないと思いますが……。まあ、最上博士に聞くのが早いでしょう」

つい投げやりな口調になってしまった。

長谷部が曰くありげな視線を寄越した。その意味はだいたいわかる。最上と同じ帝都大学理工学部を卒業しておきながら情けないな、と言っているのだ。

祐一は肩をすくめた。生化学の分野は日進月歩の進化を遂げており、祐一が学生だったころには、ゲノム編集という技術はまだそれほど注目されていなかったのだ。


バンに載せられた遺体のあとを追って、東京都監察医務院に到着すると、地下一階にある霊安室で、監察医の柴山美佳医師が待ち構えていた。天井も壁も台までがすべて白で統一され、一面の壁に設えられた遺体保管冷蔵庫とステンレスの解剖台が蛍光灯の光を受けて、白銀の硬質な輝きを放っている。そんな空間の中にあって、白衣をまといながらも、ツーブロックの金髪を後ろに垂らし、耳にはキラキラのピアス、唇には赤黒い口紅を引いている柴山医師はミスマッチな存在だ。まるでドラキュラのようにも見えなくはない。

柴山先生は当然ながら霊安室の保管冷蔵庫が寝床ではないから、午前零時過ぎという時間を考えれば、終業後に自宅でくつろいでいたところを呼び出されたに違いないが、疲れているようには見えず、むしろ生気に満ち溢(あふ)れていた。

どうして監察医になったのか。その動機は絶対に知りたくはない、祐一はそう思った。

「さて、ホトケさんは？」

柴山が尋ねると、ＳＣＩＳのメンバー玉置(たまき)孝(たかし)と山中森生(やまなかもりお)が心得たとばかりに、ストレッチャーを押して解剖台の横まで行き、二人は息を合わせて遺体袋の上下を持って解剖台の上に載せた。

柴山は音程の外れた鼻歌を歌いながら、遺体袋のチャックを引いて、遺体と対面した。

「あら、飢餓死じゃないの」

柴山はラテックス手袋をはめた手で、遺体の顔やら上半身やらあちこちを触り出した。

「皮下脂肪減少、筋萎縮(いしゅく)、眼球陥没……」

言いながら、祐一たちに心の準備もさせないうちに、メスを手にするとＹ字切開を始めた。

祐一は解剖の様子が目に入らないよう、柴山の背後に回った。そんな様子を長谷部はちゃんと見ている。祐一は彼に気づかないふりをした。

柴山の興奮気味の声が説明している。

「うんうん、間違いない。内臓脂肪も減少してるし、低たんぱく血症による胸水と腹水が認められる……。ということは、このミイラ君はそう昔に亡くなったんじゃないのね？」

「さすが、柴山先生」

長谷部がおべんちゃらを言ったが、柴山はそういうのが基本的に効かないタイプのめずらしい人間だった。柴山はすでにバリカンを手にして、遺体の髪を刈り始めていた。鼻歌が続いている。

祐一は口を開いた。

「死後三日ほどのようです。飢餓死とはどうして至るものなんですか？」

「単純に食事を絶つだけ。たとえば、神経性の食欲不振症なんかだと、食欲が湧かなくなって、食べないからやがて動けなくなって、死に至るってわけね。あるいは、生前の信仰はわからないけれど、即身仏(そくしんぶつ)になる修行によって飢餓死の状態に至ることもあるかな。話には聞くけど、実物は見たことないなぁ」

「そくしんぶつ？」

長谷部は意味がわからないようで繰り返した。

言いっぱなしで柴山が答えてくれそうもないので、代わりに祐一が説明することにした。

「即身仏というのは、修行者が瞑想を続けたまま、絶命してミイラになることです。塩と水だけの断食をしてから瞑想修行に入るので、遺体が腐りにくく、臭わないんだそうですよ」

「へえ。世の中にはいろんな死に方があるもんだな」

長谷部は柴山に顔を向けた。

「じゃあ、いずれにせよ事件性はなしってことかな?」

遺体の頭を刈り終えた柴山は、あらためて頭部を撫でまわし、遺体をひっくり返して、背面もよく観察しながら口を開いた。

「外表には特に目立った痕跡は見当たらないけどね。……首の後ろに一カ所、虫に刺されているところがあるだけで」

見ると、柴山の言うとおり、首の後ろが一円玉ほどの大きさに赤く膨らんでいた。

「これから、血液検査をすれば、また新しいことがわかるかもしれないけど……」

言い終わらないうちに、柴山は電動のこぎりを手に、遺体頭部の切開を始めた。

「お願いします」

祐一は早口にそう言うと、柴山医師に頭を下げて、陰鬱極まるドラキュラのねぐらの

ような場所を出た。

「やっぱり最上博士をお呼びしないといけませんね」

4

祐一はまず最上友紀子博士に連絡を取ることにした。

最上友紀子とは、帝都大学理工学部で同級生だったときからの縁である。最上は、同大学を首席で卒業後、ハーバード大学大学院に進学、ポスドク、准教授、教授と奇跡的な速さで出世し、再び帝都大学に舞い戻り、大学開校以来、最年少の二十八歳で教授となった天才科学者である。二年間の間に、各学会における常識、主流派の学説、重鎮らの権威を覆す革新的な研究論文を発表したため、十三もの学会から爪弾きにあった過去を持つが、それこそ最上が天才であることの証左である。

八丈島にいる最上に電話をかけると、案の定、飛行機ではなく、フェリーで東京に

向かうと主張した。飛行機が飛ぶ原理はまだ科学的に完璧には解明されたわけではないと、最上は考えているからだ。

電話の向こうで、なぜ飛行機には乗りたくないのか、その理由についての長いくだりをまた聞かされる前に、祐一はあわてて通話を切った。

それから、ため息を吐いた。

翌々日、朝の九時に、警視庁の捜査会議室に向かった。祐一が最初に到着し、みんなを待ちながら新聞を読み、その間に、長谷部がやってきて、十分、十五分経ってから、玉置孝巡査部長と山中森生巡査が続き、最後に奥田玲音（おくだれおん）巡査が登庁した。

玉置は型崩れしたスーツを着て、シャツも夏にもかかわらず数日着続けたままのようにしわくちゃだった。茶髪気味の髪はワックスにより無造作ヘアを演出し、若干チャラさがにじみ出ているが、その実、優秀な刑事なのだった。三十五歳、妻帯者であり、一男一女のパパでもある。

今年三十歳になる玲音は、濃紺のパンツスーツ姿で、インナーはいついかなるときも白のシャツである。長い髪を後ろにひっ詰めており、本庁の男たちの誰も髪を下ろしたときの彼女を見たことがない。ザ・クールビューティーとは彼女のためにあるような言葉であるが、それは見た目だけではなく、内面についても同様に言えることだった。雪の女王のように冷酷なのだ。

二十六歳最年少の山中森生、通称森生（もりお）はというと、履き古された革靴に、くたびれたスーツのズボンを穿（は）き、半袖の白いシャツを着ていたが、小太りな体型に合っておらず、ボタンが弾けそうになっていた。おまけに、酷い汗かきなために、シャツが広範囲にわたって変色しているが、本人はまったく意に介したふうはない。かなりのゲームオタクである。

お茶と朝食代わりのおにぎりの配布は森生の係である。祐一は森生がコンビニから買ってきてくれた、お茶のペットボトルに手を伸ばした。

おや、と気づく。他の捜査員らの席の前には、お茶のペットボトルにおにぎりが二つずつ添えられているというのに、祐一のところにはペットボトルのお茶だけだ。森生のほうを見ると、四つのおにぎりが並べられていた。

祐一の視線に気づいた森生は目顔で、「何を見ているんですか？　おにぎりのことですか？　えっ、いるんですか？」と表情豊かに聞いてきた。

前におにぎりはいらないと一度断ったことがあったのだ。それで金輪際おにぎりはいらない人だと思われているらしい。祐一もまた目顔で、「毎回、おにぎりがいらないと言った覚えはない」と言ってやった。心の中では、確かにコンビニのおにぎりの食感があまり好きではないとは思っていたが、それでも一生食べないと決めたわけではないし、まして、その分を森生にあげると言った覚えもない。

森生が二つのおにぎりを手にやってきて、おにぎりを一つずつ確認するように目の前に置いた。

「二つ、いりますか？」

意地でも二つ食べてやりたかったが、やはり一つくらいしか食べられないと思ったので、素直に言った。

「一つでい――」

「あざーす！」

言い終わらないうちに、明るい感謝の声が飛び、祐一はなぜか不愉快な気分になった。手に取ると、鮭のおにぎりだった。パッケージを開いて、一口頬張り嚙み締めると、やっぱり亜美がつくってくれたおにぎりのほうがおいしいと思ってしまった。

前日、最上博士が到着する前に、柴山医師から解剖所見と血液検査の結果が送られてきた。外表所見や内景所見には特に異常は見当たらなかった。菅谷教授の胃や腸は空っぽで、二、三週間ほど何も食べていないと思われるという。一方で、血液検査では異常が認められた。

電話の向こうの柴山の声が言う。

「抗体検査もしてみたんだけど、血中のＩｇＧとＩｇＭの値が高いのよね」

「はあ」

「免疫グロブリンのことで、人体に病原菌が侵入すると免疫機構が働いてそれらを排除しようとするでしょ。抗体って呼ばれているけれど」

「はい、わかります。血中の抗体の値が高いということは……？」

「血中の免疫グロブリンの値が高くなるのは、多発性骨髄腫なんかでもそうなるんだけど、あとは、何らかの病原体に感染したときとかにも高くなるのよね」

「何らかの病原体……。細菌やウイルスですか。それが何かわかりませんか？」

「それを突き止めるのはなかなか難しいのよ。インフルエンザとか特定のウイルスに感染しているかどうかなら対処のしようがあるんだけれどね。病原体の正体が何かわからないときには、ＤＮＡシークエンサーで解析しなくちゃならないんだけど、それでもなかなか難しいの」

不可解な死だ。

長谷部が椅子の背にもたれ、祐一に顔を向けた。

「確か、教授の専門は遺伝子操作とか言っていたよな？」

「ゲノム編集ですね。菅谷太一教授がかかわっていた研究について調べてみる必要があるでしょう」

ガラガラと扉が開き、最上友紀子が元気よく顔を出した。眉の上できれいに切り揃えられたおかっぱ頭は相変わらずで、胸元にきらきらしたハートの付いたデコＴシャツを着て、デニムのホットパンツという出で立ちだ。腕には赤いトートバッグを掛けていた。

最上は昨晩、東京に到着したばかりだ。

「祐一君にハッセー、おっつー！」

最上は三人の部下たちの名も呼んでそれぞれに笑顔で挨拶して回ると、誰にも聞かれていないのに自分の近況を語り始めた。

「わたし？　わたしなら愉快な仲間たちに囲まれてとっても幸せだったぁ。やっぱり自宅っていいよねー。たまに牙で手を咬まれて血まみれになり、血清の注射を打たなければならないことはあるけど、幸福と孤独をまぎらわす代償として、そのぐらいは目をつぶらなくっちゃね」

祐一はふと思いついて言った。

「最上博士、ペット用に咬まないおとなしい蛇を遺伝子改変によって作製するのはいかがでしょう？」

最上がこちらの意図をうかがうような間があり、いつもより少し硬めの声が返ってきた。

「咬まないおとなしい蛇というのは、棘のないバラや月のない夜と同じくらい魅力に欠けるものだと思うけど……」

咬まないおとなしい蛇に対して、棘のないバラはまだしも、月のない夜というたとえがはたして適切なのかどうか考えたが、すぐに現在の問題に意識を集中した。

「最上博士、菅谷教授は飢餓死で亡くなったんですが、死亡時に何らかの感染症にかかっていた疑いが浮上しました。ただし、死因はあくまでも飢餓死です。家宅捜索の際、冷蔵庫には食料の貯蔵がありましたから、飢餓死はやはり不可解です。菅谷教授の専門はゲノム編集で、死因と関連性があるのかわかりませんが、一応調べてみるのがわれわれの仕事でもあります。そこでまず最初にうかがっておきたいのですが、ゲノム編集とはどのようなものなんですか？」

最上は鞄(かばん)からピンクの細長い魔法瓶を取り出すと、蓋(ふた)を開けてコーヒーを注いだ。カップ代わりの蓋から湯気が立ち昇り、最上はふうっと息を吹きかけた。

「それは、要するにゲノムを編集する技術のことよ」

毎度のことながら説明が説明になっていないが、声に苛立ちがにじまないように気を付けながらさらに尋ねる。

「遺伝子操作のようなものですか？」

「遺伝子操作というのは、一昔前は遺伝子組み換え技術のことを意味していたんだけれど……。遺伝子組み換えとはちょっと違う技術なのね。ええっと、生物の細胞の核には、全遺伝情報(ゲノム)が入っているでしょう。任意の生物の遺伝子を、別種の生き物のゲノムの中に組み入れることを、遺伝子組み換えというわけ。つまり、遺伝子操作ね」

祐一はそこまでの理解はあった。一九七〇年代に開発された動植物のゲノムに含まれる特定の遺伝子を破壊したり、別の遺伝子へと置き換えたりする技術のことだ。

「いわゆる、遺伝子組み換え作物（GMO）なんかもそうですよね？」

「そうそう」

長谷部が嫌悪感もあらわに口を開いた。

「はいはい。除草剤を撒（ま）いても枯れなかったり、害虫がつかなかったりする農作物をつくるやつだろ」

祐一はうなずいた。

「害虫への抵抗性を得るために、害虫が食べると死ぬたんぱく質をつくるバクテリアの遺伝子を組み込んでいるんだとか。恐ろしい話です」

「遺伝子を操作するなんて、とんでもない話だ。神の領域に足を踏み入れているな」

「それに関しては同感ですね」

「へー、そんなに動物とか植物の遺伝子を操作することっていけないことなのかな？」

最上の声には軽い挑発が込められているようだった。

「そりゃ、いけないに決まってるだろ」

「生命倫理に照らして、いけないことなんじゃないでしょうか」

生命倫理とは、生物学と医学の見地から倫理的な問題を考える分野のことである。中絶や安楽死は許されるのか、遺伝子治療やクローニング（クローンを作製すること）の是非などをめぐる議論も、生命倫理が考察する範疇だ。

科学が進歩していけば、必ず生命倫理の壁に突き当たるものだ。そのたびに、人間の強欲さは何らかの都合のよい解釈を見つけ、それを乗り越えようとするものだが。

「祐一君、遺伝子を操作された動物はもちろん植物だって、わたしたちのまわりにはすでにたくさんいるんだよ」

「博士、それは由々しき――」

言いかけて、なるほど、最上が言わんとしていることがわかった。

「祐一君なら気づいたよね？　米や大豆といった農作物は、人類が長い長い年月をかけて、品種改良を重ねてきたものだし、牛や豚といった畜産動物たち、犬や猫といったペットに至るまで、人為的に交配させた結果できたものなんだからね。体重二キロのちっちゃこいチワワと、体重九〇キロのグレートデンはどちらも同じ種の仲間だしね。わたしたちのまわりに、本物の自然状態の動物というものがいったいどれだけ残っているんだろうね」

確かに最上の言うとおりだ。農作物や家畜などを何世代にもわたって掛け合わせる、品種改良のような伝統的な技術もある。犬や猫などのペットや競走馬など、人間の好みに合うように外見や性格、能力を変えられていく。

話が脇へそれてしまったので、祐一は軌道修正することにした。

「それで、遺伝子操作ではなく、ゲノム編集というのは？」

最上は自分のペースでコーヒーをゆっくりと味わうと口を開いた。

「わたしたちのゲノムを構成しているのは、DNAつまりデオキシリボ核酸と呼ばれるデオキシリボース（五炭糖）とリン酸と塩基からなる物質なんだけれど……。塩基には、アデニン（A）、グアニン（G）、シトシン（C）、チミン（T）の四つがあってね。たとえばGAATCTGG……といったようなつらなりのうち意味を成すものを遺伝子っていうんだけど――」

すでに話についていけなくなったのか、長谷部はぽかんとした生気の抜けた表情をしていた。

もちろん、祐一にとっては既知のことである。

「ええ、それで？」

「そのGAATCTGG……といったゲノムの文字列に対して、ピンポイントに狙った一文字を置き換えることがいまの技術では可能なのね。それがゲノム編集なの。まあ、百発百中というわけではないんだけど。

そんなゲノム編集にもいくつか方法があって、ノーベル賞候補にも名が上がっていて、いまもっともホットなのがジェニファー・ダウドナ教授とエマニュエル・シャルパンティエ教授の二人の女性科学者が中心になって開発した〝CRISPR〟と呼ばれる技法なのね。クリスパーはね、DNAの二重らせんを切断して、ゲノム配列の任意の場所を削除、置換、挿入することができるのね。すなわち、ゲノムを文字どおり切ったり貼ったりと編集することができるの」

「なるほど、よくわかりました」

祐一は話をさえぎろうとしたが、案の定、勢いに乗った最上はそうはさせなかった。

「人間の遺伝性の病気の中には、単一遺伝子疾患とかメンデル性疾患と呼ばれて、ゲノム上に存在するたった一カ所、たった一個の遺伝子の変異が引き起こす病気があるのね。ハンチントン病とか、鎌状赤血球貧血とか、血友病とかね。そういう病気に対して、一文字をピンポイントで置き換えることができるクリスパーのような技術は明るい未来を与えてくれるよね」

「すばらしいですね」

祐一はホワイトボードに歩み寄り、菅谷太一教授の名と死因である飢餓死と書き込んだ。その下に、「病原体に感染か？」とも記す。冷蔵庫には食べ物や飲み物の貯蔵が十分あったにもかかわらず、なぜ菅谷教授は餓死してしまったのか。どう考えても奇怪でしかない。

「さて、最上博士もそろったことですし、菅谷教授の仕事場へ聴取に行きましょうか」

5

東京科学大学理工学部の菅谷教授の研究室は、作業台の上にパソコンやさまざまな機器が置かれ、試薬などが所せましと散乱していて、他の生化学系の実験室と変わりなかった。実験ごとに行われる部屋が違うのだろう。

祐一は手近にいた背の小さな若い女性研究員に声をかけ、身分と来意を告げた。女性研究員はあどけない顔をしていて、「菅谷教授のもとで助手として働いている永倉です」と名乗った。菅谷教授の遺体の第一発見者である。

祐一は教授を自宅で発見したときの様子を尋ねると、永倉はその時の光景を思い出したようで、苦悶（くもん）に顔を歪めて口を開いた。

「あのご遺体が菅谷教授だとはわかりませんでした。そのぐらいすっかり変わっていましたから。何か気づいた点ですか？　いえ、気が動転してしまって、あわてて通報しましたから……。すみません」

「そうですか。いくつか質問させてください。生前に教授が携わっていた研究は何ですか？」

永倉は自分の専門を聞かれたので、いくぶん気分を持ち直したように、軽い口調になって答えた。

「あ、それなら、遺伝子ドライブです」

永倉研究員はそれで話が通じると思ったようで、言い切ったあと、じっとこちらの反応をうかがっていた。何だか雰囲気が最上博士に似ているような気がした。

「えぇっと、遺伝子ドライブというのはどのような……。ゲノム編集が専門とうかがっていたんですが――」

女性研究員に聞いたはずだったが、後ろに控えていた最上が前に出てきて答えてしまうのだった。

「遺伝子ドライブっていうのはね、特定の遺伝子が生物の群の中に高確率で伝播するシステムのことなんだけど……、たとえば、さっき説明したゲノム編集技術であるクリスパー自体とオスしか生まない遺伝子を、蚊のゲノムの中に入れてやって、野生に放つとするでしょう。ゲノム編集技術によってオスしか生まない遺伝子を持った蚊が、野生の蚊と交配すると、通常の場合である五〇パーセントを超えて、子供は一〇〇パーセント、オスになるの。さらに、その子供はゲノム編集技術とオスしか生まない遺伝子を持っているわけだから、その子供が他の蚊と交配するとやっぱり子供は一〇〇パーセント、オスになって……と世代を追うごとに、オスになる遺伝子が群れの中に広がっていくの」

長谷部が疑問に思って当然の問いを発した。

「そんなことをして、いったい何になるんだ」

最上が呼吸をしたその隙に、永倉研究員が答えた。

「蚊は人類をもっとも殺している生き物で、毎年七〇万人以上の人が、蚊が媒介するマラリアやデング熱、黄熱などの病気で命を落としているんです。その蚊を、たとえば、オスしか生まないようにゲノム編集して、野に放ってやれば、数世代のうちにそこら一帯の蚊はすべてオスだらけになって、繁殖できなくなって絶滅するでしょう。結果、大勢の命が救われることになりますね」

大勢の命を救えるのはすばらしいことだが、聞いている途中から、薄ら寒い気分にさせられたのも事実だった。

祐一は尋ねないではいられなかった。

「そこら一帯とは……、遺伝子ドライブの力を限定的にできるものなんですか？」

それには最上が答えた。

「蚊の行動を制限することはできないから、一帯がどんどん広がれば、地球規模で蚊が絶滅する恐れはあるよね」

最上博士の答えを聞いて愕然とさせられた。さらに救いを求めるように畳みかけて尋ねた。

「蚊が絶滅することで生態系が崩れることはないんですか？」

「あるかもしれないし、ないかもしれない」

最上と女性研究員の二人が同時に言うと、二人は顔を見合わせて微笑んだ。やはりこの二人はどこか似ており、二人ともそれに気づいたようだった。

永倉が譲り、最上が口を開いた。

「だから、遺伝子ドライブはまだ実際には運用されていないんだよ」

永倉が自分の番とばかりに言った。

「もちろん、いくつか対策が考案されていますが、遺伝子ドライブ自体がまだ理論上のものなんです」

祐一は最上よりも前に進み出て、邪魔されないように永倉に聞いた。

「それで、菅谷教授も蚊をオスにする遺伝子ドライブを研究していたんですか？」

「いえ、研究対象はマラリアを媒介するハマダラカとデング熱などを媒介するネッタイシマカがメインですが、先生は蚊が人の血を吸う習性をなくす研究をされていました」

「なるほど、それなら、蚊は絶滅しなくて済むし、穏健な昆虫として、地球に居続けられるわけですね」

祐一は話を合わせるためにそう応じたが、蚊の習性、本能を変えるだけでも生態系に影響を及ぼす可能性はないか、とつい考えてしまうのだった。

永倉が続けた。

「ただ、ハマダラカのゲノム配列はすでに解読し終わっているんですが、すべてのゲノムの働きがわかったわけではないので、なぜ人の血を吸う習性があるのか、その遺伝子的なスイッチはどこにあるのか、わからないことが多いんです」

最上は小さな顎に手を載せて、何かを思い出したようにつぶやいた。

「人の血を吸わない蚊……。それは月のない夜のように風情のないものじゃないかしらねぇ」

祐一は事件について尋ねることにした。

「菅谷教授の死因は餓死だったのですが、教授が絶食を始められた理由などご存じありませんか？」

永倉は小首をかしげた。

「さあ。そう言われれば、菅谷先生はここ最近日に日に痩せていっているような感じではありましたけれど……。理由はわかりません」

隣の長谷部が肘でつついてきた。危うく忘れるところだった。

「菅谷教授の首の後ろに虫に刺されたような痕があったんですが、実験中に蚊に刺されたんでしょうか？」

永倉の顔からすっと血の気が引いた。

「蚊に刺されたなんて、そんなことはありえません。……ありえないはずです」

「その蚊は病原菌を運んでいませんか？」

首を強く横に振った。

「とんでもない。研究室の蚊はみんな、マラリアやデング熱を媒介する寄生虫やウイルスのないクリーンな蚊です」

祐一は研究室を見回しながら尋ねた。

「ところで、研究対象の蚊はどこにいるんですか？」

「こちらです」

研究室の隣にある飼育室に入るには、二重の気密扉を通り抜ける必要があった。まばゆい蛍光灯の光の下で、ステンレスの棚に陳列されているのは、何十という数のプラスチックの飼育箱で、箱には白い布袋が入れられており、その中で翅（はね）を休めている蚊の影が見えた。あちこちから蚊特有の甲高い羽音がして、いるだけで身体がむずがゆくなるようだった。

「こちら側の棚がハマダラカで、あちら側が……あれ!?」

何かの異変に気づいたのか、永倉は青ざめた顔をして、棚の一つの飼育箱を指差して、かたかたと震えた。

「袋が一つなくなっている」

見ると、他の飼育箱には入っている白い袋がなく、一つだけ空になっていた。

「あそこにも袋が入っていたんですか？」

永倉は棚から空の飼育箱を下ろし、蚊の残骸を探すように、箱の隅々まで隈なく観察していた。

「はい。この箱にはゲノム編集済みのネッタイシマカが入っていました」

「どのように遺伝子を改変した蚊なんですか？」

「人の血を吸う習性に対応する遺伝子が突き止められなかったので、そもそも血を吸いたいとか樹液を吸いたいという食欲にかかわる遺伝子を改変しました」

「食欲にかかわる遺伝子……」

祐一と長谷部は視線を合わせた。

飢餓死した菅谷教授と、食欲をなくすようにゲノム編集された蚊……。

この二つの類似した事案に関係性はあるのか？

ゲノム編集された蚊は菅谷教授の飼育室から持ち出されていた。教授の自宅に白い袋は見当たらなかったので、何者かが盗み出した可能性が高い。その際、一匹逃げ出した個体がいて、飼育室にやってきた菅谷教授を刺したとか……。であれば、飼育室にはいまも一匹蚊がいるのだろうか。いたとしても気密室から逃れることはできないと思えるが……。

永倉研究員によれば、たとえ、ゲノム編集された蚊が菅谷教授を刺したとしても、マラリアやデング熱などを発症することはなく、また、蚊のゲノム中に挿入された食欲をなくす性質が、教授の身体に入り込んで、教授まで食欲をなくすなどということは、絶対にありえないという。

最上もまた断言した。

「遺伝子ドライブというのはね、有性生殖を行う種でのみ機能するシステムだからね。ゲノム編集をされた蚊が別の個体と交尾をして、その結果、初めてその子供に、食欲がなくなる遺伝形質が伝播するっていう話なんだから。だから、教授がゲノム編集された蚊に刺されたところで、教授が食欲を失うなんてことはないよ」

最上が腕組みをして、何やら考えを巡らせながら、深く長いうめき声を上げた。

「ウイルスの中には、宿主に感染すると自分のゲノムの一部を宿主のゲノムに組み込むものがあるって話を前にしたことがあるでしょう？」

数カ月前、死人がよみがえるという難事案が持ち上がった際、ウイルスが関与していたのだが、ウイルスの中には自分の遺伝子を感染した相手のゲノムに組み入れることがあると最上博士から教えられていたのだ。

「たとえばね、菅谷教授が研究していた蚊に何らかのウイルスが感染していたとするよね。で、そのウイルスがたまたま人にも感染する能力を持っていて、蚊が菅谷教授を刺した際に教授に感染して、ウイルスの中にたまたまあった食欲を司る機能を抑制する遺伝子なんかを教授のゲノムに組み入れてしまった……なんてことは考えられるのね」

小首をかしげながら続ける。

「たとえば、MC4R遺伝子は、脳の視床下部や脳幹で身体の内部環境の恒常性を保つ重要な働きをしているんだけど……、MC4R遺伝子が活性化していると食欲を抑えられて、逆にMC4R遺伝子に異常があって働かなくなると、食欲が旺盛になって肥満になっちゃうのね。だから、MC4R遺伝子を過度に活性化させる遺伝子なんかがウイルスによって組み込まれたら、ずっと空腹を感じないようになっちゃうかもね」

「二人とも、そんな小難しい話はやめよう」

長谷部がため息交じりで言うと、刑事らしい自信に満ちた表情を見せた。

「捜査っていうのは推測を積み上げていくんじゃなくて、事実を積み上げていくものだ。教授の首の後ろに蚊に刺されたような痕があったのは事実だ。血液検査で抗体の数値が高かったのも事実で、ここからが見立てになるが、教授は何らかの病原体に感染していた可能性が高い。それは蚊に刺されたことが原因かもしれない。よって、菅谷教授の飼育室から蚊の入った袋を盗んだやつを見つけ出すことだ」

祐一は納得してうなずいた。

「実に簡潔で正しい捜査の方向性ですね」

「ハッセー、かっこいい！」

最上もまた目を輝かせて長谷部を褒めた。

「ハッセーって実はちゃんとした刑事さんなんだね」

「いま気づいたのか……」

長谷部は困惑げに頭を掻きながら笑った。

「おれ、怒ったほうがいいのかなぁ」

6

捜査本部に戻ると、祐一はウーバーイーツを利用して、近くの中華料理店に注文を出した。玉置や玲音、森生たちは外回りの捜査からまだ戻っていなかったのだが、ウーバーイーツの配達員が出前に現れたちょうどそのときに、三人も帰ってきてしまい、三人の分もまた注文することになってしまった。

玉置は一番高いチャーシュー麺を注文すると、テーブルの上にあったエアコンのリモコンで、勝手に室温を三度下げた。

玉置が遠慮なく一番高いメニューを注文したので、森生も遠慮なく同じチャーシュー麺の大盛りを頼み、玲音もタンメンにチャーシューをトッピングして値段を合わせてきた。かなりの出費であり、当然祐一の自腹であった。

「コヒ警視正のおごりだからな。ちゃんと〝ありがとうございます〟を言えよ」

長谷部が言ってようやく気づいたというように、三人の部下はそれぞれ「あざーす」と感謝とは程遠い言葉を吐いた。

祐一はほのかな怒りを包み隠し、微苦笑を浮かべてうなずいた。

玉置がブルーベリー味のガムを噛みながら報告を始めた。

「菅谷教授の交友関係を洗っていたんすけど、教授が大学に顔を出さなくなる直前の九月二日、大手製薬会社のブリーズ製薬の社員の木下泰治が、教授の研究室を訪ねたそうです」

「いわゆる、営業担当の医薬情報担当者ですか？」

「いや、それが殺虫剤の開発部署にいる研究者のようなんですよ」

担々麺を食べていた最上が、興味を示したようにむくりと頭を起こした。

祐一も同様に興味を引かれた。

「遺伝子ドライブにより蚊の習性を変える研究している学者のもとへ、殺虫剤を開発している研究者が訪れたと……」

長谷部が祐一のほうを向き、困惑したように眉根を下げた。

「両者はいわばライバル同士だ。何だか雲行きが怪しくなってきたな」

長谷部は、ブリーズ製薬の研究者である木下泰治が、菅谷教授の蚊を盗み出し、その際わざと一匹蚊を飼育室に放って、あとから入室してきた菅谷教授を刺させたのではないかと考えているのだろう。

もしも、遺伝子ドライブが成功して、搭載した蚊が野に一匹でも放たれれば、野生の蚊は全滅してしまう。蚊で成功すれば、ゴキブリやハエ、ダニなど、遺伝子ドライブによる害虫の駆逐（くちく）が雪崩（なだれ）を打ったようになされるようになるだろう。この世から害虫がいなくなれば、殺虫剤をつくっている製薬会社や日用品メーカーはもう殺虫剤を売れなくなってしまう。

革新的な技術が生まれたとき、旧態依然としたシステムに属する何者かが、新技術を闇に葬り去るという事例は過去にもあった。時には殺人が行われることも。都市伝説ではさんざん言われてきたことだ。

祐一は考えあぐねていた。現代において、一研究者がそこまでやるだろうか。

何も事前情報を聞かされていない玉置がきょとんとした顔をしてガムを嚙んでいる。

「遺伝子ドライブ？　何すか、それ？」

祐一は、菅谷教授が研究する遺伝子ドライブについて簡単に説明したが、玉置、玲音、森生からは、「いや、ちょっとわかんないです」という共通の答えが返ってきた。

最上が両手でどんぶりを持ちスープを飲み干し、たんっとテーブルの上に置いたので、ここで長広舌をまた振るわれてはかなわないと、祐一は簡潔にまとめることにした。

「要するに、たった一匹のゲノム編集された蚊を野生に解き放つと、野生の蚊の集団が地球上から絶滅するという話です」

「そんなことされたら、殺虫剤会社は商売あがったりじゃないですか」

玉置は呑み込みが早いので助かる。

遅れて、森生と玲音も理解したようだった。

「あ、ホントっす。両者はライバルっすよ」

「殺意、そこに湧いちゃいますね!」

すると、長谷部が祐一に向かって言った。

「その木下ってやつが、菅谷教授の飼育室から蚊の入った袋を盗み出した犯人かもしれないな」

「ええ。盗み出して、おまけに、その蚊に菅谷教授を刺させた人物かもしれません」

完食した最上が口を開いた。

「そうだね。その蚊が食欲を過度に抑える遺伝子を持ったウイルスに感染していて、教授にも感染させたとしたら、教授は空腹を感じずに餓死しちゃうかもしれないね」

長谷部が部下たちに発破をかけるように言った。

「さあ、食べ終わったら、さっそくブリーズ製薬に行って、木下から聴取だ」

「はい!」

玉置たちはしばらくしてやってきた昼食を食べ終えると、ブリーズ製薬を訪ねるために立ち上がった。


ブリーズ製薬の本社は浦和駅の近くにあった。業界第三位の地位にあるとのことで、威風堂々たる近代ビルであった。巨大な吹き抜け空間の奥にある受付で、木下泰治との面会を申し出ると、受付係は内線で連絡してしばらく話してから、木下は風邪を引いており、二日前から出社していないと告げた。

木下の住居を聞き出し、さいたま新都心駅近くの木下のマンションを訪ねると、自宅にいるはずだが、応答がない。

「何だろう、悪い予感がするなぁ」

玉置が言うと、玲音と森生が「わたしも」「おれもっす」と同意した。

「三人の刑事の勘が外れるとは思えないからな。銃は携行してきてるよな?」

SCISの捜査員は、島崎課長の権限により、いついかなるときでも銃の携行が許されている。

緊急の場合を想定し、マンションの管理会社に頼んで、ドアを開けてもらった。

「ここからは、わたしたちが」

そう断って、興味津々の管理会社の社員を戸口の外で待たせると、玄関ドアをきちんと閉め、玉置と玲音、森生の順で靴を脱ぎ、廊下を前に進んだ。玉置は拳銃を抜くと、腰の低い位置で構えた。玲音、森生もそれに倣う。

大手製薬会社の研究者は高給取りなのだろう、リビングの床は大理石が敷き詰められていた。籐で編んだ素敵なデザインの間接照明が部屋をぼんやりと照らしている。テーブルや椅子、戸棚といった調度品類もアジアンテイストなおしゃれなものばかりだ。インテリアデザイナーが手伝ったのかと思うほど、センスあふれるラグジュアリーな空間だった。

リビングとダイニングの真ん中にはアイランド型のキッチンがあり、その後ろ、冷蔵庫の手前に男が倒れていた。痩せ細って皮と骨だけになり、眼窩が落ちくぼみ、頬がこけ、前頭部の髪も抜け落ちていたので、しゃれこうべのようだ。

かろうじて、木下泰治だろうと認識できた。

身体を揺すってみたが、反応はなかった。

「ダメだ。死んでる」

せっかくの参考人から聞き取りができなくなってしまった。非常に残念に思いながら、玉置は捜査本部へ電話をかけた。

「いやー、自分ら、運がなかったっす。木下はもう死んで——」

「ああ、あああ……」

木下が息を吹き返したように身もだえした。骸骨(がいこつ)のような腕が伸びてきたので、玉置は驚いて飛び退いた。

玲音と森生も悲鳴を上げた。

「い、生きてる！　救急車だ！」

玉置はすぐさま通話を切って、救急の番号を押し始めた。

7

病院に搬入された木下泰治は命に別状はないながらも衰弱が激しく、点滴による栄養補給を受けながら、三日間昏々と眠り続けた。

四日目に木下が目を覚ますと、発話が可能との医師の判断により、少しの間だけと許可を得て祐一と長谷部と最上の三人だけ部屋に入り、木下を聴取することにした。木下はまだ三十八歳ということだが、骨と皮だけの老人のような面貌だった。

長谷部が刑事らしく聞き取りを開始した。

「体調はいかがですか？」

木下は干からびた皺だらけ顔に力のない笑みを浮かべた。

「身体に力が入りませんが、頭のほうははっきりしています」

「いくつか質問させてください。木下さん、あなたはもう少しで飢餓死するところでしたが、なぜ何も食べずにいたんですか？」

「どうも体調がすぐれず、食欲がなかったんです」

「それでも、三週間くらいは食べていないんじゃないですか？」

「さあ、指折り数えていたわけではありませんから……」

「なぜそんな身体になってもまだ、医療機関にかかろうとしなかったんですか？」

「……行く気力もなかったものですから」

「救急車を呼べばいいんじゃないですか？」

「……そろそろ呼ばないとヤバイなと思ったら、倒れてしまったものですから」

祐一は木下を観察していた。のらりくらりと質問をかわしているような気がした。重要な何かを隠しているようだ。

祐一が代わって質問した。

「菅谷教授が亡くなったのはご存じですか？」

「し、知りません」

木下は驚いているふうを装っていたが、その目が泳いだのを見逃さなかった。

「あなたと同じように絶食して、飢餓死の状態で発見されました。死後三週間ほどのようです。ところで、あなたはそのちょうど三週間前に東京科学大学で菅谷教授と会っていますね？」

木下はようやく自分に嫌疑がかけられているかもしれないとわかったようで、明らかに動揺した。

「菅谷教授の飼育室からネッタイシマカの入った白い袋が盗まれていました。助手が言うには、そのころに盗まれたのではないかということでしたが」

「知りません、わたしは何も知りません」

木下は苦しそうに顔を歪め、ぜえぜえと荒い息をした。握りしめていたナースコールを親指で押した。

さっそく看護師が飛んできて、苦しげな木下の容態を見て取ると、祐一たちに厳しい視線を向けた。

「患者さんに負担がかかるので、もうそろそろいいですか?」

長谷部は祐一のほうを見ると、小さく首を振った。これ以上、攻め手がないという意味だ。

日を改め、木下の体調がよくなってから、もう一度聴取をするしかないか、そう考えていたところ、玉置たちが勢いよく部屋に入ってきた。

その目を見れば、何か新しい情報を手に入れてきたことは明白だった。

「東京科学大学の学生が、三週間前、菅谷教授と木下さんが研究室の前でもめているのを目撃していますね」

祐一は木下のほうを向いて尋ねた。

「ほう、何の口論ですか？」

「さあ、ちょっと何だか忘れました。あ、頭が痛い。頭が割れそうに痛いです。また別の機会にしてくれませんか？」

看護師が鬼の形相で祐一たちに叫んでいる。

「患者さんを殺す気ですか？　お帰りください！」

最上がベッドの脇から木下の顔を覗き込んでいた。

「木下さん、死んじゃうよ」

看護師が縁起でもないとばかりに目の色を変えた。

「命には別状はないわけですし、安静にしていれば大丈夫です」

「ううん。たとえ、体調が元に戻って退院できたとしても、菅谷教授と同じ食欲を抑制する遺伝子が過度に活性化した状態のままなら、また同じように食欲を感じなくなって、骨と皮だけになって死んじゃうよ」

木下の顔がまた苦悶に歪んだが、それは肉体的な苦痛からではなかったろう。

木下が看護師に顔を向けた。

「看護師さん、すみません。ぼくはもう大丈夫ですから。あと五分だけお時間をくれませんか？　お願いします」

看護師は驚いた顔をして木下を見ていたが、本人が大丈夫だと言っているので、「わかりました」と病室の外へ出て行った。

最上が木下をまっすぐな目で見つめた。

「さあ、話して。あなたは話すことがあるよね？」

木下は弱々しく、こくりとうなずいた。

「何から話せばいいのか……」

「木下さんはウイルスの研究をしている人？」

木下は驚きに目を見開いたようだった。そこまで見通していることが驚異だったに違いない。

「厳密に言いますと、内在性レトロウイルスです」

今度は最上がびっくりする番だった。

「まさか、内在性レトロウイルスが関与していたとは、さすがのユッキーも思いつかなかったなぁ」

長谷部が口を割って入った。

「あのさ、二人で盛り上がるのはけっこうなんだけど、おれたちにもわかるように盛り上がってくれるかな」

「あのね、実はね、わたしたち人間のゲノムの半分近くは、〝かつてウイルスだったもの〟で出来ていると言われているのね。ウイルスの中でもレトロウイルスと呼ばれるものは、感染先の動物の生殖細胞に入り込んで、ゲノムの一部になってしまうことがあるのね。そうなってしまったものを内在性レトロウイルスというのね」

「ええっと、どういうこと？」

「わかりやすく言うと、太古の昔に感染したウイルスの化石のことね。何億年も前、人がヒトではなかったころに感染したウイルスの化石が、わたしたちのゲノムの中にはいっぱい眠っているっていうことなのね。ロマンがあるでしょ？」

「ロマンというより恐怖のほうが、七対三……いや、八対二で勝ってるっすねぇ……」

玉置は自分の半分がウイルスだという話を面白くないように聞いていた。

最上は続けた。

「この内在性レトロウイルスは、もちろん人間以外の動物のゲノムの中にも存在しているんだ。ちゃんと生きているものもあって、たとえば、ブタの臓器を人間に移植する際に気をつけなくてはいけないのは、移植した患者に豚の内在性レトロウイルスが感染して、がんを引き起こしたり、免疫不全など思いがけない病気を引き起こすことがありうるからなのね」

祐一は尋ねた。

「蚊のゲノムの中にもいるわけですね？」

「そう。蚊の中にもかつて感染してゲノムの中に入り込んだレトロウイルスがあって、何かのきっかけでウイルスとしての機能を取り戻して、宿主の蚊が血を吸う際に、対象物へと感染する可能性もあるの」

「何かのきっかけ……。つまり、ゲノム編集が引き金になってウイルスの機能を取り戻したと？」

最上はこくりとうなずいた。

長谷部が弱々しい眼差しを祐一に向けてきた。

「あの、コヒさん、よりわかりやすい解説を……」

祐一の代わりに最上が答えた。

「ゲノム編集技術のクリスパーも百発百中じゃないって言ったよね。あらかじめ狙っていた場所を外して、違う場所にある遺伝子を削除してしまったり、書き換えてしまう可能性もあるわけ。クリスパーを組み込んだ遺伝子ドライブでも同じことで、蚊のゲノムに組み込む際に、間違った場所を編集してしまった場合、たとえば、内在性レトロウイルスのあるゲノムの場所を刺激して、内在性レトロウイルスをよみがえらせてしまうこともありうるんだ」

「今回の場合だと、その内在性レトロウイルスっていうのが、菅谷教授に感染して、食欲を失せさせたウイルスだってことか？」

「そういうことだよ」

最上は、おとなしく話を聞いていた木下に顔を向けた。同情を感じているような、慈悲深いような面持ちだった。

「木下さん。というわけだから、あなたに感染してしまった蚊の内在性レトロウイルスの力を無効にしない限り、食欲はなくなったままになっちゃうんだよ」

「は、はい」

蚊の鳴くような声が返ってきた。

「わたしたちも協力するから、本当のことを教えて。あなたが菅谷教授のネッタイシマカの入った袋を盗んだの？」

木下は観念したようにうなずいた。

「はい。うちの研究所のほうでも遺伝子ドライブの研究をしていましたから、菅谷教授がされている最先端の遺伝子ドライブを搭載した蚊のゲノムを解析しようと思って、つい盗み出してしまったんです」

木下は流ちょうに言い訳を口にした。

「本当に申し訳ございません。わたしが飼育室に入って、ネッタイシマカの入った袋を盗んだときに確認のため口を開いて中身を見たんです。そのときに、一匹蚊が逃げてしまったんだと思います。その一匹にあとから飼育室に入られた菅谷教授は刺されてしまった……。本当に申し訳ない。そして、自業自得といいますか、わたしも実験中に蚊に刺されてしまいました。治してもらわなくとも結構です。菅谷教授を死なせてしまったせめてもの償いのために、わたしもまた死んでいこうと思っています」

看護師が再び入ってきて怖い顔を見せたので、祐一たちは潮時だと知りすごすごと退散することにした。

廊下を歩きながら、隣の長谷部が低くうなった。

「うーん、どうかな。木下の話はまるで裏が取れない」

「嘘をついているかもしれないと？」

素直に信じていた祐一が尋ねると、長谷部は難しい顔をして肩をすくめた。

「人を疑ってかからないと、刑事はやってられないんでな」

8

「それにしても、恐ろしい研究だな」

捜査本部に戻ってくると、祐一、最上、長谷部と三人の部下たちは、三時のおやつ休憩を取ることにした。

「遺伝子ドライブとやらを搭載した蚊をたった一匹、野に放ったら、地球上から蚊が全滅するかもしれないんだろ。それって恐ろしいことだよな」

祐一は自分の意見を言いあぐねた。保守的な長谷部と同意見であり、困惑を感じていたのだ。時代は進展していく。抵抗することに意味があるのか。古臭いことではないのか。頭が固いことではないのか。かっこ悪いことではないのか。

最上博士はといえば、ふむふむと聞いていた。バッグから何かを取り出している。羊羹だ。

「ささ、みなさん、羊羹はいかが？　ヨモギ風味の羊羹」

長谷部は話の腰を折られたように不興そうな顔をしたが、深緑色をした羊羹を見るや、よだれを垂らさんばかりに喜んだ。

「ヨモギ風味、いいねー」

最上は長谷部が伸ばした手のひらの上に羊羹を一切れ置いた。

「羊羹にヨモギの遺伝子を組み入れてつくったんだけどね」

「ええっ⁉」

長谷部が恐怖におののくのを見て、祐一は馬鹿らしくなった。冗談に決まっているのに。

ヨモギ風味の羊羹で口の中をいっぱいにしながら森生が口を開いた。

「いや、でも、害虫なんてみんな殺したらいいじゃないですか。蚊だけじゃなくて、ゴキブリやハエなんかも。あと、おれ、蛾とかもダメっす。いや、昆虫は全部ダメっす」

玉置がお茶を噴き出しそうになった。

「世界は何も、おまえに合わせてオーダーメイドされるわけじゃないからな」

玲音が顔をしかめて言う。

「えー、でも、わたしも虫とかダメ。少なくとも害虫は全滅でいいんじゃないの？」

「もう、みんな、勝手なことばかり言って……」

最上がため息をつくと、よっこらしょと立ち上がり、ホワイトボードの前に移動した。何やら書き始めたので見ていると、祐一が予期していたとおり、食物連鎖の図であった。

「みんなね、この世に害虫なんてものはいないんだよ。人間が勝手に害虫だなんて言っているだけでね。すべての生命体には何らかの役割が与えられているんだよ。そうやって、生態系の均衡は保たれているんだからね」

森生が手を挙げながら口を開いた。

「あの、ゴキブリに役割なんてあるんですか？」

「ゴキブリを捕食する動物だっているし、森に棲むゴキブリは動植物の死骸を食べて土に還（かえ）しているんだよ。みんな役割はあるの」

最上はそこですっと息を吸った。それが長広舌を振るう合図であることを祐一は気づいていた。

「この地球上では何度も大絶滅が起こっていて、現代は六回目の大絶滅が起こっている真っ最中なんだよ。農地化や都市化によって昆虫の生息地域が失われ、世界の昆虫種の四割が減少傾向にあるという研究もあるし、この調子で続いていけば、今後数十年で地球上から昆虫がいなくなるかもしれないって言われているんだよ」

長谷部と玉置は由々しき問題だととらえているようだったが、玲音と森生はどうやら事の重大さがわかっていないか、あるいは、それはとてもよいことだとでもとらえているかのようだった。

「そういえば、ミツバチが消えたという話も聞きます」

祐一は聞きかじった話を投げてみた。

「殺虫剤の成分のネオニコチノイドが原因だよね。ハチや蝶なんかの花粉を媒介する昆虫は、果物、野菜、ナッツ類の栽培に重要な役割を担っているからね。いなくなったら、人間の食生活も大混乱におちいるよね。それから、鳥や魚、哺乳類などの多くの生物の食料にもなっているのね。だから、昆虫が減少すれば、動物たちも減少しちゃうのね。つまりは、昆虫は地球の生態系を正常に機能させるために必須の存在だっていうことなんだよ」

森生はしょんぼりとした顔でうつむいた。

「今後、殺虫剤使うのやめます……。いえ、控えます」

玲音もまたうなずく。

「うん、わたしも控えます」

「うんうん、そうだね。控えるといいね。できれば、昆虫たちとお友達になれるといいね」

長谷部が納得したようにうなずく。

「ナウシカの世界だな。友愛だ……」

「そう友愛がないと、虫も人も絶滅しちゃうからね」

最上は最後にこう締めくくった。

「科学技術の力を借りて、人間に有害な虫を絶滅させようとするのは人間のエゴだよ。その人間のエゴで地球上の生物たちがいっぱい死んでいっちゃった。だけど、その結果、人間にどのような形で跳ね返ってくるのかは誰もわからないからね。世界は少しずつ滅亡へと向かっているのかもしれないんだから。みんなエゴには気を付けてね」

最上は言いたいことは話し終えたようで、椅子から音を立てて立ち上がると、すたすたと廊下の外へ出て行ってしまった。

9

「人間のエゴか……」

中央合同庁舎に戻り、課長の島崎に報告をし終えると、島崎は妙なワードに引っかかってしまい、眉をひそめて考え込んでしまった。

科学は人間のエゴにより進展し、世界を少しずつ滅亡の淵に追いやっている。最上が話していたことを要約して話したのだ。

島崎はいつになく真顔になってそうつぶやいた。目には怜悧（れいり）な光さえ宿っていた。キャリアになってからは保身に汲々（きゅうきゅう）として、優秀な頭を使わなくなってしまった男のとはとうてい思えないほど鋭い光を放っていた。

「サミュエル・ハンティントンの『文明の衝突』というベストセラー本では、冷戦後の世界では異なる価値観の文明同士が衝突し合うと喝破したが、人類はいまも昔もその大いなるエゴによって大自然と衝突し合ってきたんだな」

祐一は、はてと思った。島崎の人類のエゴへの評価があいまいに感じられたからだ。人間が一方的に大自然から食料や資源を略奪し続けたのではないのか。

「まったくもって罪深いことです、人間の都合で自然や動物を変革しようということは。人に害をなしたり、見栄えの悪い生き物を害虫、害獣といって駆除する。反対に、見栄えがよかったり、愛らしかったりする絶滅危惧種を守ろうとする。すべて人間にとって心地よいか心地よくないかという視点で世界が構築されようとしています」

島崎は首をかしげている。

「まあ、確かに長大な歴史とともに築かれた生態系を人間の身勝手な営為によって打ち壊すのは、あまり褒められたことではないとは思うが、しかしだからといって、それを悪だとするならば、人間のエゴは悪なのか、という話になってしまうだろう」

「悪ではないんですか？」

祐一にとって、人間のエゴが悪であることは、雪が白いことと同じくらい当然のことであった。

島崎は右の人差し指をまっすぐに祐一に突き付けてきて断じるように言った。

「じゃあ、おまえも悪だ。金輪際、電気やガスなどの化石燃料を消費するのをやめろ。環境破壊および地球温暖化につながる。水を使わないでくれるか。ダム建設にはカネもかかるし、やっぱり環境と生態系の破壊につながる。あ、そうそう。食事も取るなよ。動植物が減るから」

祐一はむっとしたが、一言たりとも反論できなかった。

人間はエゴなくしては生きられず、自然を、動植物を傷つけることなくしては生きていけないのだ。

島崎は言いすぎたと思ったのか、ふっと頬を緩めてから言った。

「エゴは悪ではないとおれは信じる。なぜなら、人間の文明なんて、しょせんエゴで出来上がっているようなものなんだからな」

人間の文明がエゴそのものならば、人類は何と罪深い業を背負って生きている種なのか。

島崎は立ち上がると、窓際に立ち、いつもと変わらない外の風景に目をやった。

「コヒ、おれがなぜ国家公務員なんかになったと思う？」

急に話が変わったので、祐一は戸惑いを覚えた。

「さあ、わかりませんが……」

「おれは警察という仕事に興味があったわけではない。だが、国家公務員、官僚にはなりたいと思って生きてきた。なぜだと思う？」

「さあ、わかりません」

「ちょっとは考えろよ。……ありがちながら、親に、おまえは国家公務員になれ、官僚になって世のため人のために生きろと、そう教え込まれたからだ」

「教育熱心な親御さんだったんでしょうね。愛されてもいたんでしょう」

お世辞を言ったのだが、島崎は見る見るうちに不機嫌になっていった。

「おまえは世の中のために生きろ。そう言われたあとは決まってこう言われた。わたしがせっかくお腹を痛めて産んだんだから、おまえはいい子にならなくっちゃいけない。世の中のためになる大人にならなくっちゃいけないってな。条件付きの愛情ってやつだ。おれはこの世に生まれたくて生まれ落ちたわけじゃない。まして、母親を苦しめるためじゃないし、世の中のために生まれたわけじゃない。おれはおれの人生を自由に楽しく生きるために生まれてきたんだ。そのはずだ。違うか？」

「そ、そのとおりだと思います」

「この世の中にある母性だの父性だのといった概念は、おれはこの二つの厳密な違いがよくわかってはいないが、そんなものは人の心を不自由にするものだと思っている。フランスでは母親はお腹を痛めて子供を産まない。無痛分娩が一般的で、帝王切開で出産するからだ。それで問題なければそれでいい。母性が薄まるわけでもない。父性なんてはなから関係ない。

おれが何が言いたいかというと、母親は自分のためにおれに国家公務員になってもらいたかったんだ。おれのためだなんていうのは口実だってことだ。つまり、もっと何が言いたいかっていうと、世のため人のためはすべて自分のためだ。この世のすべての行いはすべて自分のために行われている。それがエゴで悪いだって？　上等だ。それで地球は回ってるんだ！」

島崎はソファのところへ戻ってくると再びどすんと腰を下ろした。

「新しい科学技術が生み出されたのなら、早晩それは現実化するんだろう。重要なのは、それがいつか、だ。いつになるかはわれわれは関知しないし、関与できない。だが、われわれは法律を立案する立場にあるし、法律に違反した場合には、厳重に取り締まるのが使命だ。わかるな？」

祐一はしっかとうなずいた。

「ええ、ＳＣＩＳはそのためにあるんですから」

10

島崎課長にエゴの話をされ、いつかどこかで聞いたか読んだかした、有名なサソリとカエルの話を思い出した。

川を前にサソリが渡れずに立ち往生していると、カエルが通りかかり、「どうか背中に乗せて向こう岸へ渡らせてほしい」とサソリが頼むのだ。

カエルは「そんなことをしたら、あなたの毒針で刺されてしまう」とおびえるが、サソリは「いやいや、あなたが死んだら、わたしも流されて死んでしまう」と返す。

「それもそうだ」とカエルは納得して、サソリを背中に乗せて川を渡るが、中程にやってきたときに、サソリはなんとカエルを毒針で刺してしまう。

「どうして!? あなたも死んでしまうのに……」

カエルは信じられない思いで叫ぶと、サソリも流されながらこう叫び返す。

「毒針で刺すのがわたしのさがだから、どうしようもない！」

めぐりめぐって自分の首を締めるかもしれない下等な行為を、上等な生物である人間がわかっていながらもやめられないことがある。

なぜなら、それが人間のさがだからだ。

地球温暖化や異常気象につながるとわかっていながら、環境を破壊せずにはいられない。生態系が崩れるとわかっていながら、乱獲をやめられない。

罰せられるとわかっていながら、罪を犯してしまう。

さがだからだ。

かつて神の領域だと忌避（きひ）された、遺伝子の操作や原子力エネルギーの解放はもはや神の領域などではなく、人類の探求の対象となっている。

人間は不老不死を目指し、死者さえよみがえらそうとしている。

好奇心の赴（おもむ）くままに人類は探求せずにはいられない。

それが、さがだからだ。

そんなことを考えながら、マンションにたどり着いたときには、星来は母聡子の部屋でもう寝ていた。

テレビを観ていた母は祐一の顔を見ると、少し心配そうに目を見開いた。祐一の顔を覗き込んでくる。

「祐一、ちょっと元気がないんじゃないの？」

祐一はそうかもしれないと頬をさすった。

「仕事柄というか、人間の悪の部分を見ると、やっぱり気分がよくないんです」

任務については語れず、母がどのくらい祐一の言わんとするところを理解できたかはわからないが、母はふっと微笑むと、星来のほうを見た。

「それなら、娘の寝顔を見てきなさい」

祐一は寝室へ行くと、星来の寝顔を見つめ、髪の毛を撫でながら、心の中で「ありがとう」と何度も唱えた。心が洗われる。そんな体験をしたような気がした。

いつまでもそうしていたかったが、星来を起こしてしまうかもしれない。一つ上の自分の部屋に帰ると、シャワーを浴びてゆっくりしてから、ノートパソコンでトランスブレインズ社の保管所のライブ映像を見た。

この日、何度目かになるが、黛美羽のことを思い出した。

自分が声をかけたがために、殺されてしまった美羽……。

かたきは絶対に取ってみせる。亜美と同じ顔を持つ女たちが複数存在するという謎を何としても解き明かさなければ……。

彼女たちはクローン以外には考えられない。

ならば、生み出した親は誰か？

亜美を保管しているトランスブレインズ社の顧問にカール・カーンがおり、須藤朱莉は黛美羽にボディハッカー・ジャパン協会のネックレスをプレゼントした。クローンたちにボディハッカー・ジャパン協会が関与していることは疑いがないように思えた。カーンは正確な年齢はわからないものの、亜美たちとたいして変わらないだろう。三十歳から四十歳くらい。亜美たちのクローン実験が行われたとき、まだカーンは子供だった。前の世代の意志を受け継いでいるのか。

調べてみると、ボディハッカー・ジャパン協会は、もともとはポストヒューマン・ジャパン協会として、一九八五年に発足している。三十年以上前のことだ。

科学の探求が人間のさがによるものだとしても、亜美たちのクローンを作製した理由がわからない。祐一の頭脳だけでは限界だった。

一段落したら、最上博士に聞くしかない。妻の保存の件は伏せて。

11

翌日、祐一と最上、長谷部の三人は、木下泰治が病室で自供した内容の裏を取るために、浦和にあるブリーズ製薬本社へ向かった。

木下が自分の研究のために、菅谷教授の飼育室からネッタイシマカの袋を盗んだのならば、ブリーズ製薬内部の研究室のどこかにネッタイシマカの残りの個体がいるはずである。

受付で上司を呼んでもらうと、研究主任の坂井陽子と名乗る中年女性が対応に出てきた。濃紺のスーツを一分の隙もなく着こなし、研究者というよりはやり手のCEOといったような華やかな雰囲気があった。

最上は坂井から手渡された名刺に視線を落とした。

「さかい……ようし？　原子核を中性子と構成している陽子さん？」

坂井は最上をじろりと二秒観察して、普通ではないとすぐに看破したようだった。

「通常、名前で〝陽子〟とあれば、それは〝ようし〟ではなく、〝ようこ〟と読みますよね。同様に、〝光る子〟と書いて――」

「こうし」

「〝こうし〟とは読みませんからね。〝みつこ〟ですからね」

最上の正気のボケに対して、正気で応じては、延々と正気でない会話が繰り返されてしまう。

三人は窓際に置かれた応接セットに移動した。白いテーブルを挟んで対峙するように腰を下ろした。

祐一は割って入って本題を切り出した。

「御社の木下泰治さんには、東京科学大学教授の菅谷太一さんの飼育室からネッタイシマカの入った袋を窃盗した疑いが持たれています。そのネッタイシマカを使って、こちらの研究室で遺伝子ドライブの研究をしていると思われますが、坂井さんは関知しているでしょうか？」

「いいえ、知りません。木下の研究のすべてを把握しているわけじゃありませんから」

坂井は突っぱねるような言い方をした。

坂井の態度から、ほぼ間違いなく坂井は木下の窃盗を知っていて、さらに言えば、木下に窃盗をさせたのは坂井である可能性さえ、祐一は疑っていた。

長谷部も同じ考えらしく、胡散臭そうに坂井を見ていた。

祐一は尋ねた。

「確認なんですが、こちらでも遺伝子ドライブの研究は行っていますね？」

坂井は渋々という感じで認める。

「はい、遺伝子ドライブの研究も行っています。遺伝子ドライブのほうが将来性があるのならば、殺虫剤の製造を行うわが社としては、方向転換を図らずにはいられませんから。あらゆる選択肢を手元にそろえる必要があるんです」

長谷部がうなずく。

「なるほど。でも、日本の遺伝子ドライブの第一人者は菅谷教授だったんでしょう？引き抜こうともされたんでしょうね？」

「お答えできません」

「引き抜けなかったもんだから、教授のデザインされた遺伝子ドライブ搭載の蚊を盗んだ。違いますか？」

長谷部は刑事らしく温情をかけることなく冷酷に圧力をかけていった。

「違います。そんなんじゃありません」

坂井は怒りをあらわに反論した。

長谷部はすごんだ声を出した。

「御社の木下には、菅谷教授を殺害した容疑もかかっている」

「え⁉」

坂井は驚きの声を上げた。

「菅谷教授の首の後ろには蚊に食われた痕があった。あの一匹の蚊は、木下がわざと飼育室に放したんだ。本人も実験中に蚊に食われたそうだが、こういうのを自業自得というんだ」

「わざと？　殺人だとでも言うんですか？　木下がわざと蚊を放したという証拠でもあるんですか？」

「いや、木下が、ではなく、あんたが木下にそう指示した可能性を疑っている」

「何ですって？　わたしが殺人の指示を出したとでも言うんですか？」

「まあ、そうなるな。われわれは殺人事件として本事案を捜査しているんだ」

「そんな……失礼にもほどがあります。証拠でもあるんですか？　名誉棄損で訴えますよ！」

長谷部と坂井の口喧嘩が勃発してしまった。居心地が悪くなったのか、最上が急にもじもじと身体を動かし始めた。

「あの、すみません。わたしったらお手洗いに行きたくなっちゃった……」

そう言い残すと、最上はその場から足早に離れた。祐一はおやっと思ったが、坂井は気にした様子もなかった。初めから無視していたに近い。

坂井は長谷部との口論を再開した。にやりと口元にいやらしい笑みを浮かべて言った。

「わたしは、菅谷教授が研究されていたネッタイシマカに刺されると食欲を失う、という事実を非常に興味深く思うんですよ」

長谷部は話が変わったので怪訝な表情をした。

「……興味深い事実とは？」

「だってそうでしょう。菅谷教授は、蚊の食欲を抑えるようゲノム編集を施したつもりだったのに、蚊は普通に人を襲い、血を吸い、吸われた菅谷教授と木下は、蚊が内在的に持っていたレトロウイルスに感染して、食欲がなくなるような症状を来して、やがて菅谷教授は飢餓死してしまった」

「はあ」

「つまり、二人の犠牲が出たことからも明らかじゃないですか。ゲノム編集技術は完全じゃない。過去にはこんな事例があります。失明を引き起こす遺伝子を持ったネズミにクリスパーを使って治療してから、そのネズミたちのゲノム配列を解析してみたところ、クリスパーは意図していないさまざまな突然変異を二〇〇〇近くも生み出していたということです。

そして、今回はさらに新しいことがわかりました。狙った場所とは違う場所にある塩基配列を変異させ、最悪なことにも危険な内在性レトロウイルスをよみがえらせることがわかったのです」

坂井はまるで勝ち誇ったような自信満々の口調で言った。

「わたしはこの事実を、ゲノム編集はまだ神の手ではなく、不器用な人間の手であり、必ずしも狙いどおりの遺伝子を改変できるわけじゃない。それどころか、ゲノムに潜む危険なウイルスを復活させる力があると、世界に向かって公表するつもりです。優秀なジャーナリストを使って、いかに遺伝子ドライブが危険であるかを訴える書籍を出版しようとも思っています。この危険な技術は核兵器にも匹敵するものです。絶対に最初の一匹を外に出してはならない。これ以上、研究をする余地さえないと考えています」

祐一も長谷部も唖然として坂井を見ていた。熱弁につい引き込まれ、自分たちが追い詰めようとしていた相手が、いつの間にか自分たちよりも上位に立っていることを知らされ、愕然とさせられた。

木下が盗んだという証拠もなく、菅谷教授を殺害するために蚊を一匹放ったという見立てを裏付けるものも何もない。

どうしたものかと迷っていると、白く細い手が三人を隔てるテーブルの上ににょきっと現れ、白い袋のようなものをぽいっと置いた。

「はい、菅谷先生の飼育室からパクってきたネッタイシマカ、お渡ししますね」

最上は袋を逆さにして軽く振ると、ネッタイシマカらしい黒く小さな物体が独特の羽音を立ててその場を旋回した。

祐一と長谷部は動転して、椅子を引き倒しながら、その場から飛び退いた。

刺されれば、菅谷教授や木下と同じように食欲が失せて飢餓死に至る内在性レトロウイルスの覚醒した蚊なのだ。

坂井は最初こそびくりとしていたが、泰然として座ったままだった。

「そんなもん、誰も頼んでないから!」

「最上博士、どうにかしてください!」

長谷部と祐一は、手に持ったバッグや手帳で飛翔する蚊を追い払いながら叫んだ。

坂井はテーブルから離れようともせず、ただ不快に顔をしかめていた。黒い蚊が坂井の顔の前に音を立てて飛んできた。

ぱちん!

坂井は両手で蚊を叩いてつぶすと、右手でつまんでその場に落とした。

「殺虫剤! 誰か、殺虫剤を!」

祐一と長谷部は、まだあたふたとしていた。

最上がスプレー式の殺虫剤を取り出すと、旋回する蚊に向けて吹き付けた。

やがて羽音が消えた。

最上は何事もなかったかのように着席すると、祐一と長谷部に向かって手招きした。

「二人とも、もう大丈夫だよ」

二人は恐る恐る再び席に着いた。

当然のごとく、祐一は激怒していた。子供のいたずらに付き合っている場合ではない。

「博士、いったいどういうつもりですか！」

「あ、いまのはね、日本に普通にいる藪蚊だから安心してね」

「そういうことじゃありません」

「それより、わかったことがあったの」

そう言うと、最上はまっすぐに坂井を見た。

「坂井さん、ぜんぜんびっくりしなかったね」

「いたずらだってわかってましたから」

「嘘。まさかってことがあるもん。普通は反射的にも逃げるはず。あなたも、最初はびっくりと驚いたようだったけど、すぐに大丈夫だろうという感じになったんだ。それはね、わたしが菅谷教授の飼育室からパクってきたって言ったからでしょう？」

坂井はむっとした顔をした。

「あなたは何が言いたいんですか？」

最上は驚くべきことを口にした。

「坂井さんがとった行動の意味はね、つまり、菅谷教授の飼育室の中のネッタイシマカには、人間の食欲を失せさせる内在性レトロウイルスなんてないってこと。菅谷教授のゲノム編集は、第一人者だけあって上手くいっていて、内在性レトロウイルスなんて活性化させなかったの。そのことを知っていたから、坂井さん、あなたはぜんぜん怖がらなかったんだよね？」

祐一は坂井を見た。気まずそうに視線を合わせようとしない。先ほどまであった自信がすっかり鳴りをひそめてしまっていた。

祐一は疑問を投げかけた。

「ちょっと待ってください。しかし、実際に、菅谷教授の飼育室から盗まれた蚊はゲノム編集をされて、その内在性レトロウイルスが人の食欲を失せさせる性質を持っていたからこそ、菅谷教授は刺されて餓死したんですよね？」

「祐一君、あれはね、菅谷教授の飼育室で飼われていたネッタイシマカじゃないの。あれは、ブリーズ製薬でもともと実験されてきたネッタイシマカのほうだったんだよ」

「ええっ⁉」

祐一も長谷部も驚いたが、坂井は少しも表情を変えなかった。当事者として知っていたからだろう。

最上は坂井に尋ねた。

「ここからはわたしの推測なんだけれど、ブリーズ製薬はもう内在性レトロウイルスを鎮静化する抗ウイルス薬の開発を成功させているよね。でなければ、こんな大それた殺人を計画できるわけないもの。うっかり広まってしまったら、自分たちだって危ないものね」

長谷部は納得したようだった。

「そうか。これは、遺伝子ドライブの危険性を世に広めるために行われた計画的な殺人だったのか」

坂井は祐一たちをにらみつけた。

「何の証拠があるっていうんですか？」

祐一は怒りを抑え、冷静な口調で言った。

「二人目を殺す気ですか？」

「え？」

「現にあなたの部下の木下さんはいま、内在性レトロウイルスに感染して苦しんでいるんですよ。抗ウイルス薬を使えば、木下さんは助かるんじゃないですか?」

「見殺しにする気かと聞いているんだ」

長谷部が凄みのある声で言った。

坂井は、生命という重い責任を背中に載せられ、初めて狼狽をあらわにした。額に脂汗をにじませ、どうしたものかと考えているようだった。

祐一は強い口調で言った。

「企業のエゴで、一社員の生命をもてあそんではいけない」

坂井は苦しげに顔を歪めていたが、やがて渋々というようにうなずいた。

「わかりました。すぐに抗ウイルス薬を木下に投与するよう手配します」

12

坂井陽子は部下の木下泰治に、菅谷教授の研究室からネッタイシマカを盗み出すことを命じたことを自供した。日本における遺伝子ドライブの第一人者の作製した遺伝子ドライブ搭載の蚊を手に入れ、ゲノムを解析したかったからだ。

遺伝子ドライブの研究はかねてよりブリーズ製薬でも行われていたが、彼らが生み出した遺伝子ドライブ搭載の蚊には意図せぬ突然変異が起きていた。ゲノム編集によって、内在性レトロウイルスが目を覚ましていたのだ。坂井はそのウイルスの潜在能力を試すためにも、また、菅谷教授の研究成果を台無しにするためにも、教授の飼育室にブリーズ製薬が作成した遺伝子ドライブ搭載の蚊を放つように、木下に命じた。その蚊に刺されて、菅谷教授は食欲を失い、餓死してしまったのだ。

坂井と木下は殺人の容疑で逮捕され起訴される見込みだが、そのことを報じるマスコミは一つもなかった。島崎の情報統制のたまものだろう。

ＳＣＩＳの任務には秘密がつきものとはいえ、祐一は心にわだかまりが出来るのを感じた。そんなときは、決まって赤坂にあるサンジェルマン・ホテルに足が向くのだった。

二階のラウンジを覗くと、案の定、最上博士が新人のバーテンダーと年齢確認のことでもめていた。

祐一はいつもの光景を見て、ほっと心が柔らかくなるのを感じるのだった。

バーテンダーに最上が成人していることを請け合い、最上はモヒートを、祐一はいつものスタウトを頼んで、乾杯した。

最上は飲みながらしゃべり始めた。

「祐一君、これでね、遺伝子ドライブの危険性が去ったわけじゃないんだよ。蚊の中にある内在性レトロウイルスの一つに対する抗ウイルス薬があるというだけで、蚊の中には他にも内在性レトロウイルスはあるだろうしね。遺伝子ドライブによって、蚊にどんな突然変異が起きて、取り返しがつかないまでに個体群の中に広がってしまうかなんて誰にもわからないんだ」

「そうなんですね。やはり遺伝子ドライブは封印すべき技術のような気がします」

「わたしはそうは思わない」

最上は意外にも強い口調で言った。

「恐ろしい技術だからこそ、目を背けずに研究して、どれほどそれが恐ろしいかを見極めないと。封印するにしても、徹底的に調べないことには、封印のしようもないからね。でも、わたしはね、遺伝子ドライブを搭載した蚊は遅かれ早かれ野に放たれると思うの、人道的な理由から。毎年七〇万人以上が蚊の媒介する病気で死んでいるから」

最上はいつになく真面目な調子で続けた。

「ゲノム編集技術にはね、世界をよりよい方向に変える力が間違いなくある。重篤な遺伝性疾患がなくなり、がんや感染症などの重症化する病気のない世界を手繰り寄せる力がある。気候変動や害虫に強く、食料危機を解決できる農作物をつくる力がある。その可能性があるのに、眠らせておくのはもったいないでしょう。

科学技術にいいも悪いもない。人を殺した凶器のナイフを見て、ナイフが悪いという人はいないでしょう。ナイフで人を刺した人が悪いんだよね。科学技術も同じ。社会をよくするため、人間をより自由にするために使われなくっちゃ意味がないんだ」

祐一はうなずきながらも、少しだけ引っかかるところがあるのも認めないわけにはいかなかった。

「確かにそうですね。でも、科学者は先走りすぎるような気がします」

「うん。科学技術を生み出すのは科学者だけど、その使われ方を決めるのは科学者じゃなくって、社会の一般の人たちなんだ。だから、社会の人たちは科学者の研究の成果をきちんと理解して吟味しなくっちゃいけない。科学者も自分たちの技術を社会に理解してもらおうとしなくっちゃいけない。いま、そういう時代にわたしたちはいるの」

「本当の意味での情報共有の時代が来ているんですね」

いま社会には情報が溢れ返っている。取捨選択する能力を社会一般の人々は持っているだろうか。科学がわたしたち一般の人々の知らないところで暴走することのないことを、祐一は祈りたい気持ちだった。

第二章　同じ夢を見るクローン

1

妻の亜美はクローンだ。

間違いない。何の目的で生まれたのか、それとも、何かの結果として生まれたのか。

彼女は隠していたのか。それとも、知らなかったのか。

信じられない気持ちだった。妻が誰かのクローンだったとは。

亜美の母、四宮久美(くみ)に連絡してみることにした。久美の夫の和也(かずや)は大手不動産会社の社員で、祐一と母の聡子が暮らすマンションは和也の会社が建てたものだが、五年前に亜美が亡くなってからというもの、義父母と話す機会はめっきり少なくなってしまった。

考えてみると、連絡をするのは三周忌のとき以来である。

ぎこちない挨拶もそこそこにして、祐一は本題を切り出した。

「お義母さん、ちょっとお聞きしたいことがあるんです」

非常に口にしづらいことだったが、聞き出すしかない。

「亜美を産む前、不妊治療を受けていましたか?」

息を呑むような間があり、久美はうわずった声で言った。

「ど、どうして知ってるの?」

驚かれるのも当たり前だ。祐一はけっして当事者たち以外には知りえない秘密を尋ねたのだ。

亜美、黛美羽、須藤朱莉ら、それぞれの母親が異なるのならば、彼女たちはクローンということになるだろう。ならば、彼女たちの母親は過去のどこかでクローンの受精卵を子宮に移植されたはずだ。不妊治療中であれば、医師はいともたやすくできただろう。出産直後に同じくらいに成長したクローンの子と取り替えるのは現実的ではない。祐一はそう考えたのだ。

義母に亜美がクローンかもしれないなどと打ち明けるわけにはいかない。わが子だと思って育ててきた子が、見ず知らずの他人のクローンだったと知らされたら、どんなに傷つくだろう。

ここは口から出まかせを言うしかない。

「実は、星来を産む前に、亜美も不妊治療を受けていたものですから」

「ええっ、初耳だけど……」

祐一は事前に考えた嘘を話した。

「ええ、亜美とぼくの二人だけの秘密でした。ぼくのほうの問題である可能性もあったんですが、亜美が妊娠しにくい体質だとしたら、お義母さんもそうだったのかなと思いまして」

「わたしの体質が遺伝したのかしら……。でも、星来ちゃんが生まれてくれてよかった」

「ええ、本当に。不妊治療を受けた病院はどちらでしたか？　三十年以上も前に、その手の治療を行っていた病院は少なかったと思うんですが」

「ええ、そうなの。叔母さんに紹介されたんだけど、渋谷にある産婦人科病院だったと思うけど」

「正確な名前を教えてくれませんか？」

久美は不審に思っているようだったが、母子手帳を探してきて、「渋谷日下部産婦人科クリニック」であると教えてくれた。それから、祐一は星来の近況など、当たり障りのない話をして、通話を切った。

さっそく渋谷日下部産婦人科クリニックについてネットで調べてみたが、検索しても引っかからなかった。三十四年前のことだ。閉院してしまったのかもしれなかった。

2

この一週間ほど、須藤朱莉は池袋のネットカフェで寝泊まりしていた。しばらく身をひそめるようにと言われていたからだ。クレジットカードの使用を禁じられていたので、支払いはすべてキャッシュですませているが、そろそろ財布の中身が尽きかけていたし、毎日狭い部屋で漫画を読んだりゲームをしたりでは、いい加減頭がおかしくなりそうだった。

美羽はどうしただろう？

焦(じ)れるような思いで一時間半を過ごし、三十分前にはネットカフェを出て、朱莉は東池袋公園へ向かった。

サンシャイン通りは二十代の若者で溢(あふ)れ返っていた。楽しそうに人生を謳歌(おうか)している彼らを見ていると、いったい自分はこんなところで何をしているのかと、陰鬱な気分になる。もうすでに若さも、夢さえも失ってしまったような気持ちに。

焦燥感が募った。夜の公園は真っ暗で、人の姿もなく、街路灯の灯りは十分ではなかった。気温は高く汗ばむようだが、朱莉はなぜかひんやりと薄ら寒い気持ちになった。周囲を見回して道行く人を目で追い、もしも何かあったとき、助けに来てくれる人はいるだろうかと思った。

そんなことを思うべきではない。何も案ずることはないはずだ。沢田は協会の高位メンバーであり、朱莉の力になってくれるはずだ。

「朱莉」

急に声がしてどきりとした。

沢田克也がいつの間にかすぐそばまで近づいてきていた。つくづく年齢不詳の男だ。銀色に染めた短髪で、身長は高い。顔の彫りの深さにカーンの面影を見ることはできるが、実際にはあまり似ているようには見えない。

沢田はポケットから財布を取り出すと、一万円札を数枚抜いて手渡した。

「もうしばらく潜伏してもらいたい」

何から尋ねようかと思うと、頭がこんがらがって言葉に詰まってしまった。相手はあのカーンの実弟なのだ。緊張しないわけがない。

重要な問いにまだ答えてもらっていない。

「沢田さん、わたし、何のために身を隠さなくちゃいけないんですか？」

「前に言わなかったか。ある組織がおまえを探している。捕まったが最後、二度と自由にはなれなくなる」

「どうして、わたしが？」

「なぜなのかまでは、おれも聞いていない。だが、おまえだけじゃない。おまえが探し出した、似た顔の女たちも一緒だ」

「美羽たちも身をひそめているんですか？」

「そうだ。とにかくもう少しの辛抱だ」

「わかりました」

そう答える以外に選択肢はないように思えた。

沢田が立ち去る前に、朱莉は勇気を出してもっとも知りたいことを尋ねた。

「あの……、わたしたちは、何者なんですか？」

沢田は険しい目で朱莉をにらんだ。それは怖い感じではなく、なぜか同情のような色が浮かんでいた。

「世界に存在してはいけない存在だ」

世界に存在してはいけない存在……？

意味がわからず茫然（ぼうぜん）としていると、沢田はポケットから小さなケースを取り出し、それを朱莉の手に握らせた。

「協会からのプレゼントだ」

それは鉛（なまり）で出来ているような、ずいぶんとずっしりとした重さのあるものだった。

朱莉がケースを開いたとき、一瞬、沢田が後ずさったように感じたが、ケースの中身を見てすぐに、そんなことはどうでもよくなってしまった。

ボディハッカー・ジャパン協会のシンボルがかたどられたネックレスだった。自分が持っているものと少し違い、ピラミッドの中には輝くような金色の金属球が収まっていた。

「わあ、きれい」

「カーンさんからのプレゼントだ。朱莉をゴールドメンバーにすると」

同協会にはピラミッド型の階級がある。ゴールドメンバーは沢田のすぐ下の階級である。沢田のすぐ上が最上位のカーンのポジションなのだ。カール・カーンの足元に近づけたことに、朱莉は至福の喜びを感じた。

ネックレスを胸に抱きしめた。

「うれしいです。カーンさんによろしくお伝えください」

「わかった。また連絡する」

沢田はまるで逃げるように去っていった。

朱莉は街路灯のあるところまで来ると、いま身に着けているネックレスを外し、ゴールドメンバーの証であるネックレスと交換した。ピラミッドの中で輝く金色の珠(たま)を見て、朱莉はうっとりとした。

3

その日、島崎課長に呼び出され、課長室へ顔を出すと、部屋中に芳醇（ほうじゅん）なコーヒーの香りが漂っていた。応接テーブルに二つのカップがあり、島崎がカップの縁にかけたドリップ式コーヒーのバッグに電気ケトルからお湯を注いでいるところだった。

「やあ、コヒ。ちょっとめずらしいものが手に入ったんでな、おまえもコーヒー飲むだろ？」

「いただきます」

島崎は自慢げに微笑みながら、もう一つのバッグにもお湯を注いだ。

「このコーヒーはな、コピ・ルアクといって、コーヒーの実を食べたジャコウネコの糞から採れた、未消化のコーヒー豆を焙煎（ばいせん）した代物（しろもの）だ。ほら、おれたちの商売は社会の悪にさらされるだろう。だから、社会のよいもの、最高のもの、きれいなものに触れることで、心をプラスの状態に維持しなくちゃいけない」

猫の糞から採れたという事実が引っかかったが、祐一はソファの一つに腰を下ろすと、淹れ立てのコーヒーにそっと口をつけた。

「これは……、まろやかですね」

「いい表現をするな。そう、まろやかなんだよ」

「で、今日はどのようなご用件ですか？」

島崎はまだカップの香りを楽しんでいたので、ちょっと嫌な顔をした。

「せわしなくすることが仕事をするってことじゃないぞ」

咳払いを一つすると言った。

「コヒ、この日本で年間にいったい何人の行方不明者が出ているかは、もちろん知っているな？」

何を聞かれるのかと思ったら、刑事局の管掌ではないが、生活安全局が分析して毎年発表しているので、警察官なら誰でも知っているようなことだった。

「届け出を受理している行方不明者の数は、この十年、八万人台でほぼ横ばいです。男女比は男のほうが多く、男が六割強、女が四割弱といったところです」

「じゃあ、年齢層別ではどうなっているか知っているか？」

「そこまではさすがに」

「十代の若者が全体の二割以上で二番目に多い。家庭内トラブルが主な要因だが、児童性愛者などの異常者たちに誘拐されたケースもあるだろう。その場合は、年月が経っても、なかなか帰ってこない」

気分の悪い事件だ。確かに芳醇なコーヒーが欲しくなる。できれば、休憩のときに。

島崎は脇に置いていたファイルを祐一のほうに寄越した。

「生活安全局から回ってきた事案だ。関東圏内で十歳の男の子が行方不明になっている。その数、九人。短期間に突出した数字が出てきたため、解析官は驚いて、失踪した男の子の身元を確認してみたところ、またびっくり仰天！　これはどういうことなんだ！　ということになって、おれのところへ上がってきたってわけだ」

ファイルにはたくさんの写真が入っていた。撮影者は複数人いると思われる。素人が撮ったようなピントの甘いものからプロ並みに構図が考えられたものまで、カメラについてあまりよく知らない祐一も、別々の人間が同じ対象を撮ったものだということはわかった。

祐一は写真をざっと見てから、ファイルの中に仕舞い直した。

「九人とおっしゃいましたね？　この中には一人分の写真しかありませんが」

島崎はにやりとした。

「九人分、九枚の写真が入っているはずだが」

「は？」

祐一は写真を再び取り出した。数えてみると確かに九枚だが、みな同じ男の子である。

「そこに撮られている男の子はすべて別人だ。だから、びっくり仰天の案件だと言っている」

祐一はあらためて写真の男の子を見比べた。間違いなく同じ顔をしている。

「まさか……、まったく同じ顔をした子供たちが行方不明になったというんですか？」

「そういうことだ。当然ながらそれぞれ親は別だ。九つ子というわけじゃない」

祐一はめまいがするようだった。目下、自分が密かに捜査中の案件と同じではないか。

「そんな……、この子たちはクローンかもしれないと？」

「ＳＣＩＳにはうってつけの案件だろう？」

島崎はコーヒーを少し啜った。もう味わっているような感じではなかった。

「で、そっちの案件のほうはどうだ」

亜美とよく似た黛美羽が盗難車によってひき逃げに遭った事案のことだ。そちらで進展はなかったが、これまで話さなかった事実を伝えるにはいまが一番よいタイミングのような気がした。

「実は、黛美羽には、須藤朱莉というもう一人の同じ顔をした人物を紹介してもらう予定だったのですが、須藤朱莉は消息を絶ちました」

祐一は、須藤朱莉が他にも二人同じ顔の女を知っていると美羽に話していたことや、美羽にピラミッド型のシンボルのネックレスを贈ったことを話し、須藤朱莉がボディハッカー・ジャパン協会のメンバーであるかもしれないと指摘した。

島崎は渋い顔つきになり、顎の下をさすった。

「カール・カーンがかかわっているかもしれないのか。どうやら、この二つの事案は同じ根っこのような気がするな」

祐一はそろってきた情報から一歩二歩と進めた見立てを語った。

「ええ。クローンを生み出すこと自体が目的だった可能性もありますが、たとえそうだったとしても、研究者側はその後の成長を確認したいと思うでしょう。あるいは、生み出したクローンを対象に何がしかの実験を行う予定なのかもしれません。どちらにせよ、今回の少年たちの失踪は、彼らを生み出した何者かによる誘拐事案ではないでしょうか」

「そうかもしれない。まあ、とにかく同じ顔の人間が日本のあちこちに存在しているなんてことが公になったら、日本中が大変な騒ぎになるからな。迅速かつ秘密裡に解決してもらいたい。以上だ」

4

捜査会議室のテーブル上に並べられた写真を見ながら、長谷部は驚きをあらわにして、ずいぶん長い間、わずかでも違いはないかと九枚の写真を矯めつ眇めつしていた。最上友紀子博士、玉置孝、奥田玲音、山中森生もまた驚愕を隠せずにいた。それが当然の反応だろう。

「この子たち、ホントにみんな親が違うっていうのか?」

「九人の親全員に確認済みだそうです」

「信じられんな」

長谷部はかぶりを振ると、祐一をうかがうような目で見た。

「いったいどうしたら、こんなに似るっていうんだ？」

「クローンじゃないっすかね」

祐一が答えようとしたところに、玉置がガムを嚙みながら口を挟んだ。玉置はよく軽い感じで鋭いところを突くことがある。

「クローンだっていうのか。だから、ＳＣＩＳに持ち込まれたんだな？」

「そういうわけっす」

「コピーロボットの時代、来ちゃいましたか」

今度は森生が嬉しそうに一歩前に出てきた。

「おれ、クローンいっぱいつくって、自分の代わりに働いてもらって、自分はゲーム三昧の日々送りたいっす」

最上がやんわりと言った。

「森生がいまから自分と同じ年齢のクローンをつくることはできないんだよ」

「えっ、どうしてですか？」

玲音までもが反論口調で口を開く。

「嘘ですよ。だって、よく映画やドラマで自分の臓器のスペアのために、クローンをつくったりするじゃないですか。だったら、自分と同じ年齢のクローンをつくれるはずですよ」

祐一は、浅知恵で他人の専門領域に口を突っ込める、玲音の勇気に感心するのだった。

「うんうん、それはね、オリジナルが受精卵のときに一緒につくったクローンなの。クローンも受精卵から育てないとならないから、いきなり大人のクローンは出来ないんだよ。クローンをつくるにはけっこうな時間と経済的なコストがかかるの」

「わたしそっくりなわたしが何人も一緒に育つなんて、絶対喧嘩しそう」

「はは。ホント、それ！」

玲音は長谷部をにらみつけた。

「は？　主任に言われたくないです」

祐一は咳払いを一つして、一同に静粛を促さなくてはならなかった。

「みなさん、話を進めたいのですが、その前に、クローンについてわかっていないようなので、最上博士に解説してもらったほうがいいみたいですね」

「祐一君が解説してあげなよ。祐一君だって理系なんだし」

「そ、そうですね」

一同の視線が一身に集まったので、祐一はごくりと唾を呑み込んだ。

「ク、クローンとは……、遺伝的に同一であること、でしょうかね？」

そう最上に聞いてしまったが、彼女はぶんぶんと首を振っている。

「そんな説明だと一卵性双生児もクローンだってことになっちゃうよね」

実のところ、祐一もまたクローンとは何かについて長谷部に毛が生えたくらいにしかわかってはいなかったのだ。

最上が怪訝な表情で祐一を見たので、祐一は恥ずかしくなってうつむいた。

「……最上博士、お願いします」

「もう、仕方ないなぁ。えっと、クローンっていうのはね、一つの個体から無性生殖的、つまり、生殖行為なしで生み出された、遺伝的にまったく等しい個体のことなのね。生殖行為なしでってところが重要なのね。だから、一卵性双生児とか多胎児はクローンとは言わないのね」

最上博士は息継ぎもすることなく続ける。

「で、クローンの技術については、いま言ったように受精卵を使ってクローンをつくる方法と体細胞を使ってクローンをつくる方法の二つあるわけ」

「はあ」

クローン技術についてまでは聞いていない。聞き流そうとしていたのだが、長谷部があいまいに応じてしまったがために、最上のさらなる解説を促す羽目になってしまった。

「受精卵クローンのほうは、細胞分裂を始めた初期の胚を分割してクローンをつくるんだけど、人為的に一卵性多胎児をつくるようなイメージなのね。一方の体細胞クローンのほうは、オリジナルの体細胞の核を、核を取り除いた未受精卵——受精しなかった卵——に移植して、代理母の子宮に移し、出産させる方法なんだ」

「うーん、日本語なんだろうけど、さっぱり脳みそに浸透してこないんだが……」

「ほら、一九九六年に、イギリスでクローン羊の〈ドリー〉が誕生したの覚えてるでしょ？　あれはオリジナルとなるメスの羊の乳腺細胞を、核を取り除いた別の羊の未受精卵に移して、それを代理母となる羊の子宮に移植して誕生した羊なの。だから、この場合は三匹の羊が必要だったのね。哺乳類では世界初の体細胞クローンだったからあれだけ世界が注目したのね」

「お、おう」

体細胞クローンのすごさが伝わらなかったのだろう。長谷部はあいまいな返答をして、最上からさらなる過剰な説明を引き出すことになってしまった。

「あのね、初期の胚にはね、全能性といって、一個の細胞から身体全体を再生できる能力があるのね。実際、たった一つの受精卵はどんどん分裂して、脳や各臓器をつくって一個の個体に成長していくでしょう。人間の場合だと六〇兆個にまで膨れ上がるのね」

「は、はい」

長谷部は蚊の鳴くような声で応じた。何とかがんばって話についていっているようだった。

「一方で、身体の各組織になってしまった体細胞のほうはすでに全能性は失われてしまっているわけ。皮膚の細胞はこれから心臓や肝臓になったりしないの。ヒトにもならないのね。それで、全能性を失っている体細胞を核のない未受精卵に挿入すると、また全能性が復活するってところが、この体細胞クローンのすごいところなの。人間の皮膚の細胞を核のない未受精卵に挿入すると、また人間が出来上がるっていうわけ」

「ほうほう、なるほど。それはなんだかすごそうだ!」

ようやく長谷部にもクローン技術のすごさが伝わったようだ。

「ちなみに、クローン羊ドリーの名は、歌手で女優のドリー・パートンの巨乳にあやかってつけられたものなんだよ」

「どうでもいい話だけど、それも衝撃的だな」

祐一は聞きかじった情報を口にした。

「しかし、霊長類でのクローンは難しいと聞いたことがあります」

「うんうん、確かに体細胞から核を採ってきて、核を除いた未受精卵に移植すれば、はい、出来上がり！　ってわけじゃないのね。移植する核のDNAを初期の胚のDNAと似た状態にしないと全能性は戻らないの。それには動物ごとに複雑な化学的な方法が必要になって、霊長類では不可能ではないかとさえ言われていたんだ。

でも、二〇一八年に、中国でカニクイザルを使った体細胞クローンが初めて誕生したの。その意味するところは大きくて、二〇一八年の時点で、クローン人間をつくることは技術的に可能だって証明されたようなものなんだよ。それからもう何年も経ったからね」

最上博士のクローンについての解説が終わったようなので、祐一は話をもとに戻すことにした。

祐一はいまこのときに、亜美と生き写しの黛美羽の事案を最上やみんなに伝えようと思った。妻を冷凍保存していることまでは話す必要はないのだから。

「実は、亡き妻の亜美と生き写しの女性に会いました」

祐一は鞄から島崎から受け取った捜査資料のファイルを取り出すと、亜美の写真と黛美羽の写真とを並べて見せた。

最上と長谷部が顔を近づけ、玉置や玲音、森生も後ろから首を伸ばして覗き込んだ。

「うわっ、そっくりじゃないか！」

長谷部が叫んだ。玉置や玲音、森生もまた驚嘆の声を上げていた。

最上だけが険しい表情で写真を見ていた。

「わたしはその女性に声をかけました。こちらの身分を明かし、妻の写真を見せながら、事情を説明しました。その女性、黛美羽という名なのですが、すると黛美羽もまた、自分とそっくりな人物がツイッター上にいると友人から教えられ、自らメッセージを送って接触したというんです。その女性の名前は、須藤朱莉といいます」

須藤朱莉のツイッターのプロフィール写真は見つけられなかったので、見せることはできなかった。

「わたしは美羽から朱莉の写真を見せてもらいましたが、妻にそっくりでした」

「そんな馬鹿な……!?」

「そんな馬鹿なことが現実に起きたんです。両親はみんな別々です。だから、この酷似はクローン以外には考えられない」

最上は亜美と美羽の写真を交互に見ながらうなずいた。

「うん、親が違うのにここまで似ているんであれば、クローン以外には考えられないね」

自分は間違ってはいなかったのだという確信を得て、祐一はさらに島崎から引き受けた事案についても説明した。

「黛美羽に頼んで、須藤朱莉と会う予定でいましたが、わたしと出会って間もなく、黛美羽は盗難車にひき逃げされて死亡しました。須藤朱莉も消息を絶っています」

「完全に事件じゃないか」

長谷部はいまや険しい刑事の表情を浮かべていた。

「ええ、そうです。わたしの個人的な事案も絡むので、島崎課長にお願いして、SCIS案件にしてもらいました。この件にはボディハッカー・ジャパン協会が関与していると考えています。黛美羽が同協会のシンボルの付いたネックレスをしていました。須藤朱莉からもらったとのことです」

「カーンがクローンの人体実験をしているっていうのか。ありえる話だな」

最上が思い出したように言った。

「祐一君、前に死んだ人間が現れたとしたら、科学的にどう説明がつくのかって、わたしに聞いたよね。あの質問はこういうことだったんだね？」

「ええ、そうです。わたしの義母に確認したんですが、妻の亜美は不妊治療の末に授かった子だったそうです。クローンを産むには作製した受精卵を子宮に移植しなければなりません。不妊治療中の母体はクローンを産ませるには格好の標的だったはずです」

祐一は長谷部のほうに向かって言った。

「九人の子供たちの失踪とわたしの妻によく似た女性たち、この二つの案件には、カール・カーンの組織が関与している可能性も考えられます。何らかの研究のためにクローンをつくったのだとしたら、定期的にクローンを回収して検査や実験をする必要があるのかもしれません」

玉置が祐一に尋ねてきた。

「コヒ警視正のお義母さんが出産した病院はどこなんすか？」

「渋谷日下部産婦人科クリニックというんですが、どうやら閉院してしまっているんです。現在失踪中の九人の子供たちのほうを優先して調べてください」

「了解。玲音と森生にやらせます」

「もう一つ、失踪した須藤朱莉の行方もつかみたいです」

玉置が自分を指差した。

「そっちは、おれが調べます」

「それでは、みなさん、お願いします」

祐一は長谷部のチームを心強く思った。たまに調子に乗ったり、社会常識に欠けるところがあるが、本当はハートのある優秀な刑事たちなのだ。

頼もしく思う一方で、自分の妻のかかわる事案ながら、何もできないでいることにもどかしさを感じた。

祐一は最上のほうを向いて言った。

「われわれのほうでも、消息を絶ったカール・カーンの行方を追ってみることにしましょうか」

最上はあいまいな表情を浮かべていた。

できるの？　その目がそう問いかけていた。

当然ながら、祐一は、人の捜索などやったことがないし、できない。警察庁で働く者は、基本的に捜査をしないのだ。

長谷部たちが出かけて行ったので、捜査会議室は最上と祐一の二人だけになった。最上は大きな椅子の中で小さな身体を休め、盛大なため息をついた。

「はあ……。祐一君、カーンさんの行方を追うなんて言っちゃったけど、大丈夫？　祐一君って刑事じゃないんだよ」

「ＳＣＩＳは人員が圧倒的に不足していますから、大丈夫じゃなくとも、やらなくてはいけないんです」

「ふーん。考えはあるの？」

「あるにはあるんです。人を探すには人間関係を手繰（たぐ）っていけばいい」

祐一は立ち上がると、ホワイトボードの前に立った。黒マジックを手にして、中央に大きく〈ライデン製薬〉の文字を書いた。

「ライデン製薬にはかねてから違法な人体実験をしているという都市伝説風の噂が付きまとっています」

ライデン製薬の下に、〈人体実験〉の文字を添えた。

「そして、顧問には元古都大学名誉教授の榊原茂吉がいます。茂吉の次男の吉郎は
――」

〈ライデン製薬〉から横線が引かれ、〈榊原茂吉〉の文字を書き記すと、その下に、〈次男、吉郎〉の名を書き足した。

「榊原吉郎には、五年前、最上博士の同僚の速水真緒准教授を殺害した容疑がかけられたことがあり……、先日、ネックレスに仕込まれた放射性物質の影響により死亡する直前、吉郎自身がその容疑を認めました」

〈吉郎〉の下に、〈最上友紀子教授〉と〈同僚、速水真緒准教授〉と追加した。

「真緒……。ごめんね……」

最上が顔を手で覆った。

「ライデン製薬が行っている最先端科学による人体実験は、カール・カーンが代表を務めるボディハッカー・ジャパン協会のメンバーたちに対して行われていました。彼らは人類のさらなる進化に興味のある人たちなので、みな積極的に人体実験にかかわったと思われます」

〈ライデン製薬〉と〈ボディハッカー・ジャパン協会〉、〈カール・カーン〉の文字が横のラインでつながった。

「この違法な人体実験で得た成果は、この社会の上層階級向けの超最先端テクノロジーとして、法外な値段のサービス料金で提供されるという噂があります。あくまでも噂ですが。こうして、現代は持つ者と持たざる者の時代となっているのです」

さらに、〈ライデン製薬〉の近くに〈厚生労働省　三枝(さえぐさ)〉と記入した。

「厚生労働省も重要な役どころです。特に医政局の経済課は製薬会社ににらみを利かせているセクションのようです。同省はライデン製薬の行っている違法な人体実験を黙認しています。さらには、一般市場にはまだ出せない上層階級向けの超最先端テクノロジーの機密と権利を守り、上層階級者らに提供する仲介役のようなことまでしているようです。こちらも都市伝説的な噂ではあります」

ネット上の都市伝説の噂を渉猟(しょうりょう)すると、そのような結論に至るのだった。

祐一は、ライデン製薬（榊原茂吉）、ボディハッカー・ジャパン協会（カール・カーン）、厚労省（三枝）のトライアングルを順々に指で示した。

「この三者は超最先端テクノロジーの発展を目指すという一点において協力し合ってい

ます。クローン実験にボディハッカー・ジャパン協会が関与しているのなら、カール・カーンが指導的立場にいるでしょう。カーンなら全容を把握しているはずです。カーンがつかまらないのであれば、カーンに近しい人物から話を聞いてみるのも手です」

「ふむ、で、誰？」

「厚労省の三枝益夫（ますお）です」

「三枝益夫君って、同じ帝都大学で同じ学部だった益夫君だよね。マスオ君だけは、ユッキーのことをユッキーって呼んでくれて。フレンドリーだったなぁ」

祐一は鼻を鳴らした。

「どこまでも軽薄なだけのやつですよ。三枝とは一度話がしたいと思っていたんです」

最上が怪訝な顔つきをした。

「ねえ、二人の間で何かあったの？」

祐一はホワイトボード上の三枝の名前を見て、密かに重いため息をついた。

5

玲音と森生はまず、現在失踪中の九人の子供たちの親から事情を聞くことにした。九人の子供たちの実家は、東京、千葉、埼玉、神奈川と、関東に集中していた。子供たちがどこの病院で生まれたのか、また、いつどこで誘拐されたのかについて、二人はまず子供たちの親に電話をかけて話を聞くことにした。

九人の親から話を聞いた結果、生まれた病院については、五人が品川にある河合産婦人科クリニック、四人が横浜大山レディースクリニックであることがわかった。

いつどこで誘拐されたのかについては、学校帰りが四人、家から塾の途中が三人、友達と遊んでいたときが二人という内訳だった。

誘拐事案として捜査を担当した各所轄にそれぞれ連絡を取ると、誘拐された現場で不審な人物を見た目撃者は三人おり、証言によれば、鎌倉ナンバーのシルバーの車に乗った、胡麻塩頭で眼鏡をかけた男が、学校の校門近くや塾の前の路傍で見かけられたという。

森生が玲音に言った。

「品川にある河合産婦人科クリニックと横浜大山レディースクリニック、怪しいっすよね。ホームページで見る限りは、両クリニックには何の関係性もないみたいですけど」

「ちょっと主任の知恵を拝借しちゃおうか」

二人は頭を悩ませた挙句、長谷部に連絡を入れ、今後の捜査方針について相談した。

「十年前に、両方のクリニックで勤務していた医師をリストアップしろ。その中に、ボディハッカー・ジャパン協会のメンバーがいるはずだ。協会に連絡してメンバーかどうか確認してもらえ」

長谷部による納得の指示に、二人は「了解」と声を返した。

6

厚生労働省の医政局経済課に連絡を入れ、三枝益夫を呼び出してもらい、十数年ぶりに三枝の声を聞いた。相変わらず軽薄な話し方でいらいらさせられたが、三枝のほうは久しぶりの会話を手放しで喜んでいる様子で、その日の夜にでも会おうということになった。祐一としては何だか拍子抜けした気分だった。

待ち合わせの七時ちょうどに新橋にある店の前に着いた。祐一はメールに届いた店の住所を何度か確認した。およそ密談にふさわしい場所ではなかった。

新橋のガード下にある大衆居酒屋で、客はスーツ姿の酔っぱらったサラリーマンばかりだった。みんなそろってビールジョッキを片手に、大声で話したり笑ったりしている。しかも、予約された席は、店の外にある円卓で、すぐそばを通行人がばんばん通っていった。

祐一も付き合いなどで大衆居酒屋を利用することはあるが、たいていは個室を用意してもらっている。省庁の付き合いで交わされる会話は外に漏れてはまずい話ばかりだからだ。

祐一は三枝の無神経さに腹が立った。通り過ぎる通行人との距離の近さにいらいらさせられながら、テーブルで待っていると、出し抜けに声がかかった。

「おおー、小比類巻！」

顔を上げると、中背の男が立っていた。ワイシャツはボタンが二つほど外され、胸元に下品なほどに太い金のチェーンが覗いている。手首に巻かれている金色の腕時計はロレックスだろう。耳の下まで伸ばした髪は毛先に茶髪が残っている。

仕事が忙しいのか、前より痩せた気はしたが、三枝益夫は相変わらずのようだった。

「いやいや、久しぶりだな、小比類巻。おまえ、ぜんっぜん変わらないな！　相変わらずイケメンかつできる男ふうで嫌なやつっぷりが半端ないじゃないか」

久々の再会の最初の十秒で祐一は早くも、七割ほどだった体力が三割にまで減ってしまった感じがした。

三枝はテーブルに着くや、店員を大声で呼びつけた。

「とりあえず、ビール！　いいよな、ビールで？　あと枝豆と冷ややっこ」

いるだけで、場がやかましくなるような男だ。

祐一は一刻も早く別れたく思い、単刀直入に話を始めることにした。

「三枝、おまえのいる医政局経済課は、製薬会社を仕切っているようなところだそうだな」

「おいおい、まだビールも来てないうちから、いきなり本題かよ。どんだけせっかちなんだよ。雑談ができないやつは嫌われるぞ」

「重要な案件でな」

三枝を相手にＳＣＩＳについて語るわけにはいかない。なぜその情報が必要かも話すつもりはなかった。

「最大手のライデン製薬なんかともツーカーなんだろうな」

三枝は下品な笑い声を上げた。

「まあな。ＣＥＯの寺門さんとは何度も食事に行ったことがあるからなぁ。ほら、官庁の課長っていうのは、そこらへんの会社の課長とは天地の差があるから。おれ、エリート官僚だから！」

三枝の声があまりにも大きかったので、まわりにいる何人かの客が敬遠するようにこちらを見た。

祐一は同類だと思われたくなかった。もっとも権力から遠ざけなければならない男に権力をくれてやっている現実にめまいがした。

祐一は三枝を見据えて続けた。

「五年前、帝大の研究室で、おれたちの同期だった最上友紀子博士の同僚が殺された事件が起きたのは知っているな？　あのとき、博士の大事な研究データが盗まれた。その事件は、わたしが警視庁に出向中に起き、捜査の指揮を執ったという経緯がある」

「ああ、はいはい。当時、ニュースでやっていたな。ユッキー、懐かしいな」

「その後、古都大学名誉教授の榊原茂吉の息子、榊原吉郎が容疑者として拘束されたのち、死亡した。博士の盗まれたデータが榊原茂吉の手に渡った可能性がある」

三枝は初耳だというように驚いた顔をした。

「そんなことがあったのか。榊原先生の息子は親の七光りで大学にいさせてもらっているってもっぱらの噂だったからな。他人の手柄を盗んで自分の手柄にでもしようと思ったんじゃないか」

「わたしは榊原茂吉か、あるいはライデン製薬が、吉郎に最上博士の研究データを盗み出させたと考えている」

「は？」

「榊原茂吉はライデン製薬の顧問だ。目下、最上博士の研究データをもとに、彼らは最先端の研究を進めているのかもしれない」

「ちょ、ちょっと待て」

三枝は手で制するようなしぐさをした。

「おまえ、とんでもないこと口走ってるんだぞ」

「実際、とんでもない事態が起きている」

「いやいや、途中からはおまえの妄想だろう。おまえの話の中で、事実の部分は、榊原茂吉の息子が殺人容疑で拘束されたのち死亡したってところまでだろ？　それから先、息子に研究データを盗ませたのは、榊原茂吉とライデン製薬だとか、目下、研究データをもとに研究が進められているっていうのは、おまえの妄想だろうが」

「十分にありえることだ」

店員がビールを運んできた。三枝は乾杯もせずにジョッキに口をつけ、ごくごくと半分ほど飲んだ。

祐一は手をつけなかった。初めから酒を飲む気などなかった。

三枝はビールジョッキを置くと息を吐いた。

「だいたい、何だっておれにそんな話をする？」

「おまえが所属しているセクションの裏の顔の噂を聞いているからだ。ライデン製薬の違法な人体実験を見て見ぬふりをしているな。いや、それどころか、ライデン製薬が開発する超最先端テクノロジーの権利を守ろうとしている」

三枝はかぶりを振った。

「呆れたな。警察庁のエリート官僚候補ともあろうおまえが、都市伝説を鵜呑みにしているのか？」

祐一はそれには答えずに自分のペースで話を進めた。

「ボディハッカー・ジャパン協会のカール・カーンを知っているな？」

「ああ、あいつか。得体の知れない男だ。直接の面識はないが、名前とそれこそ噂くらいは聞き知っている」

一瞬つくられた渋面から判断するに、三枝はカーンをあまりよく思っていないのかもしれなかった。

「カール・カーンは自分の協会のメンバーを、ライデン製薬に人体実験用として提供しているという噂がある」

「また都市伝説か……。いったいおまえはどうしちまったんだ？」

「事実として、ボディハッカー・ジャパン協会のメンバーが、ライデン製薬の社員が作製したマイクロチップを頭にインプラントしていた。そのことを告発しようとした同協会のメンバーは何者かに口封じのために殺された疑いがある」

「疑いがある……、おまえの話はすべて当て推量じゃないか」

「実際に捜査に圧力がかかっている」

祐一はそこで三枝をにらみつけた。暗に、おまえが圧力をかけたのかと尋ねたようなものだった。

ついに三枝はかんしゃくを起こした。

「おれが圧力をかけたとでもいうのか！」

三枝は残りのビールを飲み干すと、乱暴にジョッキをテーブルに置いた。まわりにいた客たちがしんと静まるほど、祐一たちのテーブルは険悪な雰囲気を漂わせていた。

祐一はどうして三枝と会おうと思ったのかと後悔した。現在のカール・カーンの動向を得ようと思ったのだが、話は思わぬ方向に流れてしまった。三枝と厚労省とを非難する方向に。

この男は国家権力を笠に着て、最先端科学をも利用して、おのれの保身や利権拡大のために働いているのだ。

三枝はカーンの居場所を知るまい。ライデン製薬、ボディハッカー・ジャパン協会、厚労省のトライアングルはそれほど強固なつながりを持っていないのかもしれない。少なくとも厚労省は、この危険なトライアングルから抜け出したがっているのか。当然だ。ひとたびマスコミが真相をつかめば、大変なことになる。そんな危険をわかりながらも切れない関係ということは、どういう関係なのだろうか。厚労省は製薬会社ににらみを利かせるほどの力があるのではなかったのか。

三枝が面白くなさそうに言った。

「気分が悪い。帰らせてもらう」

「ちょうどいい。話は終わったところだ。ここはわたしが払う」

祐一が支払いに向かう前に、三枝が会ってから初めて声をひそめて言った。

「SCIS……。警察庁には科学的に不可解な事件を扱う秘密の部署があるそうだな。噂になっているぞ」

「おまえは都市伝説を信じるのか？　呆れるな」

そう言って、祐一は足早にレジに向かった。

7

翌朝、長谷部からスマホに連絡があった。須藤朱莉が使用していたSNSの運営会社宛てに、履歴などについて情報開示請求をしたところ、ある二人とメッセージ機能で頻繁にやり取りしていたことがわかった。その二人こそ、亜美に似た女性のようだ。

捜査会議室へ足を運んでもらった二人を見たとき、祐一は、黛美羽と初めて会ったときと同じ胸の高鳴りを覚えた。双子の亜美が現れたようだったのだ。彼女たちは亜美ではないと、トランスブレインズ社の保管所で眠る亜美を思い出せと、自分に言い聞かせなければならなかったほどだ。

長谷部が並んだ二人を紹介した。

「えー、向かって右側が竹内理恵さん、左側が柳沢早紀さんだ」

竹内理恵のほうが若干人懐っこそうで、柳沢早紀のほうが少しおとなしそうな印象を受けた。

二人には並んで席に着いてもらい、祐一と長谷部も対面に座る形で聴取を進めることにした。

「それでは、いくつか質問させてください」

そう前置きしてから続けた。

「須藤朱莉さんから接触があったのはいつですか？」

祐一が尋ねると、竹内理恵のほうが口を開いた。

「今年の三月ごろだったかと思います。会おうということになって、渋谷でお会いしました。二人おんなじ顔で会っていると不思議がられるので、朱莉さんのほうはキャップをかぶってサングラスをかけていました」

柳沢早紀も答えた。

「わたしは四カ月前の五月下旬ごろに新宿で会いました。朱莉さんはそのときもキャップとサングラスをしていました」

「どんな話をされましたか？」

竹内理恵が思い出しながら、怪訝な顔つきになって答えた。

「会ったときはお互いのよもやま話で終わったんですけど、そのあと、朱莉さんのほうからＬＩＮＥのメッセージが来て……、真相がわかったと」

「真相？」

「はい。わたしたちは手違いの結果生まれた一卵性の多胎児だって……。不妊治療中のあるカップルのために用意された、複数の受精卵を誤って何人かの母体に移植してしまったんだそうです。重大な医療ミスであることに変わりないので、ご両親やマスコミには内密にしておいてほしいとも。あ、それから、病院側からそのうち手当をもらえるようにしてあげるとも言われました」

柳沢早紀もうなずいた。

「そういえば、わたしもそんな説明を受けました。でもそれっきり、連絡はなくて、わたしのほうも忘れちゃいました」

「いままでに何日間か、病院かどこかで検査を受けた経験は？」

九人の少年たちは行方がわからなくなって一週間以上経つ。クローンの検査や研究にそのぐらい時間がかかるのではないか。

竹内理恵は思い出そうと首をかしげていたが、柳沢早紀が何かを思い出したように、はっとした。

「あります。四歳か五歳のころ、夏休みの数日間、わたしが生まれた病院で、両親と離れ離れになって過ごしたことがあるんです。確か、不妊治療で生まれた子の育成観察とか、そんな説明を受けたと、あとで両親から聞きましたけど」

竹内理恵も思い出したようだった。

「そういえば、わたしも同じ経験をしたことがあります。五歳のころです。それから、十歳のころも……」

「そう、十歳のころもあります」

「どんな研究でした？」

「研究というより身体測定のようなものでした。身長や体重を測ったり、血液を採られたり、エックス線で胸部を撮影したり、ベッドに横たわって脳波や心電図を測ったりもされました。身体中のあらゆる検査をされました」

「どちらの病院ですか？」

竹内理恵が小首をかしげながら答えた。

「渋谷にあるクリニックだったと思います。すみません、名前は憶えていないです」

「わたしも」と早紀も答えた。

渋谷のクリニックならば、亜美が生まれた渋谷日下部産婦人科クリニックだと思われるが、そのクリニックはもう存在していない。

柳沢早紀が急に深刻な表情になった。重たげな口を開いたとき、想像どおりの質問を投げかけられた。

「わたしたち……、やっぱりクローンなんでしょうか？」

竹内理恵も真剣な眼差しを向けてくる。二人はすでにそう確信して、覚悟しているようだ。警視庁にまで呼ばれ、事情聴取を受ければ、当然よからぬことを意識するだろう。

何と答えたらいいか。二人は亜美と同じ顔をしているので、まるで亜美に聞かれているような気がした。

――あなたはクローンです。

これまで普通の人と何ら変わりなく生きてきた人間に向かってそんなふうに言えるだろうか。

「現時点では何とも言えません」

竹内理恵も悲痛な面持ちで聞いてくる。

「わたしと同じ顔の女性は他にもいるんですか？」

「お答えできません。すみません」

祐一は頭を下げた。クローンのことはSCIS案件であり、安易に打ち明けるわけにはいかない。

竹内理恵には警察がどんなことがあっても捜査情報を話さないことがわかっただろう。あきらめたように視線を伏せてしまった。

柳沢早紀もまたがっかりしたようだったが、代わりに震える声で誰にともなくつぶやいた。

「わたしたち、何のために生まれたんでしょうね」

早紀は誰かに答えを期待したわけではない。それはわかっていた。

彼女に何か言葉をかけてやりたい。そんな衝動に突き動かされ、祐一は口を開いた。

「何のために生まれたのか？それはわたしにも同様に言えます。みんな同じでしょう。生まれてきた目的、人生に意味はあるのか。それは自分が決めることではないですか？たとえ、クローンであったとしても同じです。それは自分で自由に決めていいものですよ」

早紀と理恵の二人は、意味を噛み締めるようにしてうなずいた。

午後になると、玲音と森生が、行方不明中の九人の少年たちが生まれた病院を調べてきた。九人のうち五人が品川にある河合産婦人科クリニック、四人が横浜大山レディースクリニックだった。

玲音が資料を手に説明した。

「両方のクリニックともに十年前にさかのぼって、九人の子たちの母親の不妊治療記録を見せてもらいました。すると、不妊治療のエキスパートとして両クリニックから雇われていた一人の医師がいることがわかりました。尾崎康介（おざきこうすけ）、七十一歳。現在、鎌倉産婦人科病院で院長をしています」

長谷部がにやりとした。

「二人とも、よくやったな！」

玲音と森生はうれしそうに「はい」とうなずいた。

「主任のおかげですよー」

森生が長谷部を立てると、当の本人はにこりとした。

「ああ、知っている。それを忘れるな」

「人間、小さ〜」

玲音がげんなりとした声を出した。

森生が気を引き締め直して、手帳を手に付け加えた。

「ちなみに、尾崎康介はボディハッカー・ジャパン協会の前身であるポストヒューマン・ジャパン協会のころからのメンバーだそうです」

長谷部が少し驚いた声を出した。

「え？　ボディハッカー・ジャパン協会ってのは、どのくらいの歴史があるんだ？」

「同協会のホームページによると、前身の団体は、一九八五年に発足しているんで、もうかれこれ三十五年ですね」

「となると、カール・カーンって初期のメンバーじゃないんだな。おれはてっきりカール・カーンがボディハッカー・ジャパン協会をつくったんだと思っていたが」

「違うみたいですよ。ホームページには設立者までは書いてありませんでしたけど」

祐一はホワイトボードのほうへ歩いていき、自分で書いたボディハッカー・ジャパン協会の文字の横に、設立年である一九八五年と記した。

「わたしの妻は生きていれば、今年三十四歳になります。ならば、三十五年前に、不妊治療の末に受精卵がわたしの義母の子宮に移されたということでしょう。ボディハッカー・ジャパン協会は設立とほぼ同時にクローン実験を始めたことになります」

「ずいぶんとクローンに入れ込んでいるんだな」

そこで長谷部はおとなしくしている最上のほうを向いた。暗にクローン実験とはどんなものかを尋ねたわけだが、最上博士は答えるのを避けるように口をつぐんでいる。

長谷部は答えをあきらめたようで、二人のほうを向いて命じた。

「玲音と森生、尾崎康介のほうも動向を探ってみてくれ」

「了解っす」

玲音はため息交じりに言った。

「ホント、ＳＣＩＳ特別手当をもらいたいくらいですよ」

8

須藤朱莉の居所を突き止めるのは、容易ではなかった。

玉置はまず、須藤朱莉が契約しているスマホの通信会社に行った。スマホに内蔵されたＧＰＳにより現在の位置を割り出せないかと尋ねると、朱莉のスマホは電源が切られ、

GPSではたどれなかったものの、最後に端末が基地局と通信した場所を特定することはできた。場所は池袋だった。

次に、朱莉が利用していたというSNSの運営会社に問い合わせ、この一週間の間に、何者かが須藤朱莉のアカウントにログインした形跡はないか調べてもらった。はたして頻繁にログインした記録があり、使用された端末のIPアドレスをITに強い玲音に調べさせると、池袋のあるネットカフェのものであると判明した。

玉置は現場に向かう車中からネットカフェに連絡を入れ、店長につないでもらった上で店内にいま須藤朱莉という客がいないか尋ねた。男性店長は少しの間待たせたあと、同じ名前の客が運転免許証を呈示して入店し、一週間滞在しており、今日も一日延長していると答えた。

大捕り物になることはないだろう。自分一人で事足りるはずだ。玉置はそんなふうに気軽にとらえていた。

池袋北口にある猥雑（わいざつ）な通り沿いの雑居ビルの中、ネットカフェに到着した。店長に案内され須藤朱莉の利用している部屋の戸を開けたとき、気軽に考えていた自分を怒鳴りつけたくなった。

二畳ほどの狭い部屋の座椅子の上で、須藤朱莉は鼻と口から血を流してぐったりと倒れていた。顔面は蒼白で虫の息のようだった。

「須藤さん！」

玉置は助け起こそうとして伸ばした手を引っ込めた。

須藤朱莉の胸元にあるネックレスが目に入ったからだ。それはボディハッカー・ジャパン協会のシンボルのかたどられたものだった。

脳裏に浮かんだのは、最上博士の同僚を殺害した容疑で逮捕した榊原茂吉の息子、吉郎の死にざまだった。発見時、吉郎もまた鼻と口から出血し、衰弱しきった様子だったのだ。吉郎も首にボディハッカー・ジャパン協会のネックレスを着けており、放射線測定器によれば、一〇〇〇ミリシーベルトもの放射線を放っていた。

車内から取ってきた測定器で測ってみると、朱莉のネックレスからは七〇〇ミリシーベルトの放射線が測定された。

玉置は憐れみの目で朱莉を見た。

「須藤さん、誰がそのネックレスをあなたに渡したんですか？」

朱莉は目を開くこともなく、ただ浅い呼吸を繰り返していた。

9

「須藤朱莉さんの容態は？」

連絡を受けて捜査本部へ急行すると、長谷部と最上博士がすでに待機していた。鎌倉産婦人科病院へは玲音と森生が行っており、現在、尾崎康介を監視中であるという。

祐一が尋ねると、玉置が答えた。

「意識不明の重体です。医師が言うには、急性放射線障害とのことで、ＩＣＵで集中治療を受けているようです」

須藤朱莉には、黛美羽をひき逃げした犯人のことや、ボディハッカー・ジャパン協会との関係についてなどいろいろ聞き出したいことがあったのだ。

祐一が接触したことで、口封じに遭ったのだろうか。

身体が震え出した。自分のせいで須藤朱莉は死に瀕しているのか。黛美羽に続いて須藤朱莉まで……。

「コヒさんのせいじゃない」

長谷部の言葉はありがたかったが、少しの慰めにもならなかった。

いったい誰が……。

玉置の報告が続く。

「ボディハッカー・ジャパン協会のネックレスに放射性物質、セシウム137が使用されていました。榊原吉郎を殺害したものと同じものです」

長谷部が苦々しい口調で言った。

「ボディハッカー・ジャパン協会には、汚れ仕事を請け負う専門の掃除屋がいるっていうのか」

「そちらの捜査もしなければなりません」

祐一の言葉を受けて、長谷部が天井を仰いだ。

「マンパワーが圧倒的に不足しているな……」

玉置が二人をうかがってから続けた。

「須藤朱莉からは聴取できませんが、わかったこともあります。所持していたスマホを解析した結果、朱莉の母親の須藤裕子と連絡がつきました。須藤裕子もまた不妊治療を受けていたそうで、渋谷にあるコヒ警視正のお義母さんが治療を受けたのと同じ渋谷日下部産婦人科クリニックです。で、須藤裕子は担当した医師の名前を覚えていました。〝尾崎〟だったそうです」

「尾崎康介医師が拉致犯のようですね」

祐一は最上のほうを向いた。最上博士は相変わらずぼんやりとして、少し傷ついているような感じがした。

「最上博士、おうかがいしたいんですが、そもそもクローンとは何のためにつくるんですか？」

最上はわれに返ったようになり、祐一に顔を向けて答えた。

「うんとね、研究者がクローンをつくる理由や目的っていうのは、たとえば、畜産業で生産性が高くて品質のよい家畜をつくりたいとか、いくつかあると思うけど、わたしはね、エピジェネティクスの観点から調べていたの」

「えぴ……何ですか？」

「あ、エピジェネティクスっていうのは説明が難しいんだけど、ゲノム配列がまったく同じクローンであってもね、その後の生育環境などによって、だんだんと個体差が出てくるわけ。一卵性の双子だって、一〇〇パーセント同じ遺伝情報を持っているのに、顔や性格がぜんぜん違ってくるでしょう？　そういう現象をエピジェネティクスというの」

「あの、最上博士」

話が難しくなってきた。亜美に似た美羽や朱莉がクローンだとして、彼女らを実験で生み出した目的が、その後の生育環境で生まれる差異を調べるため、などという温和なものでないことは明らかだろう。実験の口封じのために死者まで出ているほどなのだから。

博士はどうもはぐらかそうとしているようだ。

「他の可能性はないでしょうか？」

最上は先ほどの傷ついたような表情をまた浮かべた。

「ねえ、祐一君、五年前、真緒が殺された夜、わたしたちのそれまでの研究成果をすべて奪われてしまったでしょう。研究の中には、当時もいまもタブー視されているようなものが含まれていたの。科学者の向こう見ずな好奇心だのエゴだのと非難されても仕方がないようなものも。その中にね、クローンにかかわるものもあるの」

最上はどこか遠くを見ている。その目には昔日の研究室の風景が見えているのかもしれなかった。

「三十五年も前に、誰がクローンをつくろうとしたのかはわからない。けれど、たぶんわたしが考えたことと同じようなことを、その人も考えたんじゃないかな。その後、わたしが動物で行っていた研究はそれをさらに進めたものだったから、研究データを盗んだ人は、九人の子供たちでそれを実験してみようって思ったんじゃないかな」

「その研究というのは？」

最上博士はまるで罪を告白するような、重たかった口を開いた。

「クローンは同じ夢を見るのか？　そう考えたのが、わたしがクローンの研究を始めようと思ったそもそものきっかけだったの」

10

祐一と長谷部は最上と玉置を伴い、鎌倉方面へ車を走らせた。失踪した九人の少年たちは鎌倉産婦人科病院にいると考えられた。

後部座席の最上から会話が始まった。

「ねえ、祐一君は、人間の脳のどこに記憶が保存されているのか知っている？」

「うろ覚えですが、脳の海馬という部位は記憶と関係していると聞きかじった覚えがあります」

「そう。記憶はいったん海馬に保存され、整理されて、その後、大脳皮質へ送られて保存される、と一般的には考えられているのね。認知症の患者さんは、海馬が萎縮しているというから、海馬が記憶と関係しているのは、そうなのかもしれない。でもね、現代科学において、記憶が脳のどこらへんにどのように保存されているのかは、まるっきりわかっていないといっても過言ではないの」

生まれてから今日までの膨大な記憶が、頭蓋骨の中の一五〇〇グラムに満たない脳にすべて保存されているというのは、考えてみればつくづく驚嘆すべきことだ。よくコンピュータにたとえられはするが、われわれの脳は0と1で効率よく情報を処理できるコンピュータではない。

「確かに、人間の脳は宇宙と並ぶ、人類に残された最後のフロンティアだと言われるだけのことはありますね」

何かもっともらしいことを言うべきかと思ったから言ったのだが、最上はまるで聞いておらず説明を続けた。

「とはいえ、記憶は脳の神経細胞のネットワーク構造の中に蓄えられているという考え方が一般的ではあるのね。何か新しい記憶がプラスされると、神経細胞のネットワークが変化するというわけ。この脳の全神経細胞のネットワーク地図のことをコネクトームと言うんだけれど、コネクトームは遺伝と経験によって形作られるわけなのね」

「うむ、何とかついていけるぞ」

長谷部がうなずいている。

「ゲノムの中には、受験勉強で学習したことや恋愛の経験は記憶されないけれど、コネクトームにはちゃんと記憶されていくというの。コネクトームは一生を通じて経験とともに変化していくから、人がそれぞれ一人ひとり違うのはコネクトームが違うからだと言っても過言ではないわけ。以上が、世界の大多数の脳科学者が同意する脳と記憶の関係なのね」

最上はそこでちょっと真面目腐った顔つきになった。

「ここからはちょっと主流の科学的ではない考え方になるんだけど、聞いてね。大多数の科学者は賛同していないというか、でも、一部の科学者はそう信じているのね。わたしもまた信じているんだけれども」

そう前置きして続けた内容は衝撃的だった。

「わたしはね、記憶は脳や神経ネットワークには保持されていないかもしれないって思っているの」

祐一は意味がわからなかった。

「どういう意味ですか?」

「プラナリアっているでしょう? 扁形動物門ウズムシ綱ウズムシ目に属する生き物で、川や池などの淡水に棲んでいて、全長が五ミリから一センチくらいの、扁平で長細くて二つの目がキュートな不思議な生物」

大学の生物実験で何度か対面したことがある。驚異的な再生能力を持つ生き物で、十片に切断すると十個体のプラナリアになる。

「そのプラナリアの実験で、ライトを点滅させたのちに電気ショックを与える訓練をほどこしてから、残酷だけど、そのプラナリアの頭部を切断しちゃうのね。

すると、頭部だけになったプラナリアは、尾を再生させてからもライトが点滅すると電気ショックを受けることを記憶していたんだけれども、驚くべきことに、頭部がなく尾っぽのほうから再生した個体のほうも、同様の記憶を持っていたの」

「不思議な話ではありますが、それはプラナリアのような単細胞生物の場合は、記憶の保存の仕方が違うからではないんですか？　どこからどこまでが頭かもわかりませんし」

「人間ではこんな事例があるよ。自殺した臓器提供者（ドナー）の心臓を移植した臓器受給者（レシピエント）の男性が、ドナーとまったく同じ方法で自殺する事件がアメリカで起きているのね。しかも、そのレシピエントの男性は、ドナーの奥さんに恋をして結婚してもいたの。同じ女性を好きになった男性が同じ方法で自殺をしているってわけ。その他にも、臓器移植の前後で性格や体質が変わった例が多数報告されているの」

「その手の話、たまに聞くよな」

長谷部が興味津々に話に入ってきた。

「臓器移植を受けたら、急に性格が粗暴になって酒乱になって……、ドナーを調べてみたら、ドナーもやっぱり粗暴で酒乱だったとか……」

祐一は最上博士の話の行く末に不安を感じながら慎重に言った。

「記憶は脳という場所以外の身体のどこかにも保存されている可能性があると？」

「ううん。もっとすごいことを言おうとしているんだ」

最上は何かに憑かれたかのように、目を見開いたまま続けた。

「そもそも記憶は脳にも身体のどこにも保存なんてされていないのかもしれない」

祐一はバックミラー越しに驚きをもって最上を見つめた。最上博士は何を言い出そうとしているのか。とんでもないことなのは確かだった。

「記憶が脳の中にない？　身体の一部に保存されてもいない？　だとしたら、いったい記憶はどこにあるんですか⁉」

「祐一君、ちょっとは自分で考えてみてよ。もう一つ、例を挙げてヒントをあげるから」

最上はまた長広舌を振るい始めた。

「カッコウは托卵といって他の鳥に卵を任せて子育てしてもらうのね。だから、生まれてくる雛は親の姿を一度も見ずに育つんだけど、ヨーロッパのカッコウは、夏の終わり近くになるとね、冬期の棲息地である南アフリカへ渡るの。それから一カ月後、カッコウの雛鳥は集団を形成して、アフリカの同じ場所へと渡り、親鳥と一緒になるのね。渡る時期や渡る方向、最終目的地を誰からも教えられることがないのに知っているの」

「本能というものですね」

「本能っていう言葉で片付けるのは簡単だけれど、この本能の記憶はDNAに刻まれているものじゃないよね。だって、DNAは糖にリン酸と塩基が結びついたデオキシリボ核酸っていう化学物質に過ぎないんだからね」

「最上博士、わかりません。わたしには見当もつきません」

最上は答えを断言口調で言った。

「記憶の保管場所は、生物学者で超心理学者のルパート・シェルドレイクが言うところの形態形成場、よりわかりやすくいうと、心理学者のユングの言うところの集合的無意識以外に考えられない。脳みそはその集合的無意識という記憶の貯蔵場にアクセスするための受信機のようなものだと思うの」

祐一はその答えに衝撃を受けた。悪い意味での衝撃だ。

「まさか、博士がそんな非科学的な思考をされるとは思ってもみませんでした」

「じゃあ、祐一君はプラナリアの記憶やカッコウの本能をどう説明できるの？　臓器提供を受けた患者の変貌ぶりは？　世界中のどの科学者も説明できないんだよ」

もちろん、祐一が答えられるわけもなかった。

最上は沈黙の余韻を楽しむようにしてから口を開いた。

「意識と無意識の話をするとき、よく海に浮かぶ氷山の絵を描くでしょう。意識の部分が海面から出ている氷山の一角で、海の中には大きな氷山がまだ沈んでいるわけ。そっちの氷山が無意識なのね。だから、人間の意識っていうのはほんの数パーセントしかないのね。

一方で、人間の無意識というのは広大で、無意識の奥底にはね、個人の枠を超えた先天的な情報が眠っているってユングは考えたわけ。それを集合的無意識と呼んだのね。驚くべきことは、この集合的無意識は個人の物理的な肉体内だけに収まっているんじゃなくて、世界中のすべての人の集合的無意識が何らかの方法でつながっていると考えられているの。パソコンやスマホなんかの端末がインターネットを介して世界中につながっているイメージね。つまり、わたしたちという端末は集合的無意識というインターネットで一つにつながっているの。だから、わたしたちの意識も記憶もみんなつながっているってこと」

「なるほど、何歩か譲って集合的無意識やら形態形成場やらに、われわれの記憶が保管されているとしましょう。クローンの研究とどう関係するんですか？」

「わたしたちはそれぞれバラバラで独立した存在だと思っているけれど、集合的無意識でちゃんと一つにつながっている、そう仮定します。だとしたら、わたしの記憶を祐一君の脳みそに移すことだってできるはずだよね。さらにいままでの話を総合的に考えて推し進めれば、遺伝的に似たコネクトームを持ったクローン同士であれば、脳みその記憶の転送はより容易になるはずだよね」

それは祐一の想像をはるかに超えた実験だった。

「最上博士、何と恐ろしい実験をしていたのですか」

「考えていただけね。考えただけならば悪くないでしょう？　理論を構築して、動物実験の準備をしていただけで、人間ではしていなかったの。でも、それをいま尾崎康介医師は人間でしようとしているのかもしれないの。わたしだって罪悪感を感じているんだよ」

最上教授は後部座席の中でうつむいてしまった。

11

尾崎康介はこれから始まる実験に興奮して身震いした。

大部屋で二列に並べられたベッドに、少年たちが頭を向かい合わせるように横たわっていた。彼らの頭部にはセンサーの付いたヘッドセットが装着され、脳波および脳機能をリアルタイムで測定することができる。

彼らは目を閉じているが、眠っているのではない。覚醒はしているが、通常の状態ではない。覚醒時のベータ波が現れず、後頭から前頭にかけてアルファ波が現れている。大脳新皮質全体が休まった状態であり、普段は活動が抑制されている脳の奥の辺縁系や脳幹が活発化していると考えられる。

少年たちはいわゆる変性意識状態下にあった。それは座禅や瞑想などにより時として到達する意識状態のことで、時間や空間の間隔の喪失感や宇宙との一体感、恍惚感、万能感などを感じるという。トランス状態ともいわれ、ＬＳＤなどのドラッグによってももたらされる。彼らには、アマゾン北西部の伝統儀式に使われるアヤワスカの主成分であるジメチルトリプタミンを主成分とした薬物が静脈から投与されたところだった。

ここへ連れてこられてから、少年たちは心身を整えるために、同じ食事を与えられ、同じ生活リズムで暮らし、同じ娯楽を与えられた。もともと遺伝的に同一の子供たちだが、顔立ちや性格に多少のばらつきが出現していたため、脳のコネクトームにも多少の差異が表れていることは明らかだった。七日間は心身ともにできうる限りコネクトームを整えるための時間になった。

この日初めて、自分の管理下において偉大なる実験が行われるのだ。その責任ある仕事を任せられたのが尾崎康介だった。マッドサイエンティストである自分にふさわしい仕事であり、マッドサイエンティストであるからこそ、自分に託されたのだ。

同じ遺伝情報を持ち、遺伝的に似通ったコネクトームを持ち、同じように心身を整えられた子供たちが、同時刻に変性意識状態に陥ったとき、彼らの脳は集合的無意識の領域にまでアクセスできるようになる。

すると、何が起こるのか？

彼らの意識は集合的無意識から互いの個人的無意識を通って、個人の意識にまでアクセスできるようになる。お互いの記憶にアクセスできるということだ。彼らの脳を並列につなぎ、電気刺激を与えてやれば、集合的無意識にある彼らの記憶が共有されることになる。

九人の子供たちは互いの記憶を共有できるようになるのだ。

この実験が成功すれば、余命いくばくもない老人が、自分の若いクローンに、これまでの人生で蓄積してきた自分の記憶を継承させることができるようになるかもしれない。

記憶を継承させることができれば、たとえ、肉体は滅びようとも、記憶は、意識は、人は、永遠に生き永らえることができるようになるのだ。

不死だ。

「さてと、始めることにするか」

尾崎康介は自分を奮い立たせるように言った。

12

鎌倉駅を越えてしばらくすると、海が見えてきた。由比ヶ浜(ゆいがはま)沿いの通りを走っていると、九月の下旬でもまだ夏の海が名残惜(なごり)しいのか、水着の若者たちが波間にぷかぷかと浮き、海辺で寝転がる姿が見えた。

長谷部が運転しながら、ちらりと海をながめると、感嘆の声を上げた。

「海がエメラルドグリーンになってるぞ！」

祐一も驚かされた。沿岸一帯が南国のサンゴ礁のような色合いを帯びていたのだ。

最上が海側の窓を開けたので、車内に潮の香りが満ちた。

「白潮(しろしお)だね。日射量が多くて、海が穏やかな状態が続くと、炭酸カルシウムに覆われた円石藻(えんせきそう)が大量発生して、白潮という現象が起こることがあるんだ」

「へえ、赤潮や黒潮は聞いたことあるけど……。すべての現象には原因があるんだな」

長谷部が感心したようにうなずいていた。

カーナビの表示する印が目的地に迫っていた。海岸沿いの防風林を背に、学校のような外観の建物が見える。鎌倉産婦人科病院である。ホームページによると、病床数が多いだけでなく、宿泊施設もあるようで、ちょっとしたホテルほどの規模である。ピンク色の外壁はところどころひび割れ、雨染みも目立ち、相当の築年数を感じさせる。建物を取り囲む植栽がきちんと剪定(せんてい)されていなければ、廃院だと勘違いされるだろう。

正門は閉められ、手前に玲音と森生の乗る白のマークXが停まっていた。クラウンをみとめると、二人が外に出てきて、「お疲れ様です」と一礼した。

「動きはあったか？」

玲音が首を振った。

「外から見てる限り動きはないですが、近隣を当たってみたところ、一週間ぐらい前、頻繁に車の出入りがあったそうです。その車があれなんですが」

玲音は敷地内にある車回しに停められた、鎌倉ナンバーのシルバーのレクサスを指差した。

「ナンバーを調べたところ、所有者は尾崎康介でした」

長谷部が建物のほうをうかがった。

「やつは中にいるな。緊急事態ということで、突入する」

玉置が門を軽々と飛び越え、内側から開くと、長谷部を先頭に一同は敷地内に足を踏み入れた。建物の玄関まで歩いていくと、出入り口のガラスドアは施錠されていた。

玉置がガラスドアに肘鉄を食らわした。ガラスの砕ける派手な音が鳴ったが、警報音は響かなかった。腕を突っ込んで施錠を外してドアを開いた。

長谷部がロビーに踏み込み、あたりを見回した。広い待合室のロビーと長い廊下が見える。

「広いな。散るか」

「待って」

最上博士が入り口脇の壁に掲げられたフロア案内表を見上げた。

「九人の子供たちと尾崎が一度に入れる部屋じゃないとダメだもんね。となると、三階にある多目的ホールじゃないかな」

一同は階段を使って三階へ向かった。フロアの奥の入り口に、〈多目的ホール〉のプレートがかかった部屋が見える。

長谷部が携行を許可された拳銃を抜き、腰より低い位置で構えた。玉置と玲音、森生も倣(なら)って銃を手にした。

玉置がドアの取っ手をつかんだ。拳銃を両手で握りしめた長谷部がうなずく。玉置がドアを引くや、長谷部が室内に飛び込んだ。

「警察だ!」

長谷部の声がとどろくと同時に玉置、玲音、森生が踏み込み、そのあとを祐一と最上博士が続いた。

「動くな！　両手を挙げろ」

長谷部が誰かに向かって叫んでいる。

部屋に入ると、異様な光景が目に飛び込んできた。広い部屋に二列にベッドが並んでおり、機器につながれた少年たちが、頭を向かい合わせるようにして、ずらりと横たわっていた。

部屋の中ほどに、一人の白衣を着た男が立っていた。胡麻塩頭に銀縁の眼鏡をかけたその男は長谷部の命令に従って、両手を頭の上に挙げていた。

尾崎康介だ。

尾崎は右手の指をゆっくりと口元に持ってきて人差し指を立てた。

「しーっ。静かに。いま歴史的な実験が行われている真っ最中ですから」

「この期に及んで何を言ってるんだ、おまえ！」

長谷部が愕然とした声で言った。

最上が長谷部に向かって驚くべきことをつぶやくのが聞こえた。

「ハッセー、撃って」

「は？　そりゃ、まずいだろ」

長谷部が目を剝いて最上を見た。

「違うよ。天井を撃つんだよ。早く撃って。あの子たちを目覚めさせなくちゃ！」

最上の話していた変性意識の話を思い出したのかもしれない。長谷部は天井に向かって一発撃った。

けたたましい音が部屋中に反響した。少年たちがびくりと身体を震わせ、一人また一人と目を開くと身体を起こし、ここはどこだ、というように、おびえた様子で首を四方にめぐらせた。

「安心して。もう大丈夫だよ」

最上が少年たちに駆け寄り、状態を確認するように彼らの顔を覗き込み、背中をぱしぱしと叩いていった。

祐一もまた少年たちを励ますように声を張り上げた。

「警察です。きみたちを保護します」

玉置たちは子供たちがベッドから降りるのを手伝った。彼らの足元は若干ふらついていたが、どの顔も健康的で問題のない様子だった。玉置たちとともに少年らは部屋から出て行った。

「久々に銃を撃ったな」

長谷部は拳銃をホルスターに仕舞った。

尾崎がほっと息を吐いて、腕を下ろそうとした。

「誰が手を下ろせと言った」

尾崎はため息交じりに腕を挙げ直した。長谷部が背後に回って、腕を取ると、後ろ手に手錠をはめた。

最上が尾崎に一歩近づいた。祐一はこんなにも決然とした表情の最上を見たことはなかった。

「どうしてこんなことをしたんですか、なんて聞かないからね」

真剣な表情の最上に対して、尾崎は自嘲的な笑みを浮かべていた。

「誰から指示を受けたの？」

「誰からの指示も受けていない。わたしは自分の意思で始めたんだ」

「じゃあ、質問の仕方を変えるね。誰からこの研究のアイデアを得たの？　クローンの子供たちの存在をどうやって知りえたの？」

「ノーコメントということで。警察に聞かれても、その件については黙秘するつもりだ」

尾崎は顔から笑みを消し、険しい顔つきになって口を開いた。

「わたしのほうからも質問させてくれ。なぜ最上博士はこの実験を進めなかったのか？」

「もしも実験を進めて、マウスや他の哺乳類で成功すれば、やがてヒトに対しても行われるようになる。だから――」

「それの何がいけないんだ。人を殺すわけじゃない。それどころか、ある意味において人を永遠に生かす技術だ」

「人を傷つけるかもしれない。記憶障害になるかもしれない。精神に障害を来すかもしれない」

最上博士は一息に言うと、言葉に詰まり、声を震わせて付け加えた。

「いいえ、たとえ上手くいったとしても、ヒトのクローンをつくることや、永遠に生きようとすることは、人間に許されることではないかもしれない」

「甘い！」

尾崎は一声怒鳴ると、急に笑い出した。自分の行いに罪深さなど微塵（みじん）も感じていないようだった。

「いいか悪いかの問題ではない。できるかできないかの問題だ。クローン人間をつくることはできる。最初の一例が公になれば、ドミノ倒しのように世界中の科学者がヒトのクローンをつくっていくだろう。人類はその性質上、停滞することを好まない生き物なんだ。科学はこれからもどんどん進歩していく。最上博士一人が踏ん張ったところでどうしようもないんだ」

最上博士は反撃の言葉が見当たらないように口をつぐんでしまった。

尾崎は勝利者のように満面に笑みをたたえていた。その論理にはわずかのほころびもないように思われたが……。

祐一の出番だった。

「尾崎医師、あなたは間違っています。法治国家において、できるかできないかの問題ではなく、いいか悪いかの問題なんです。何人も法律に従わず、この世界を生きていくことはできない。尾崎医師、あなたを未成年者略取および誘拐、傷害の容疑で逮捕します」

尾崎は呆けたような顔つきで祐一を見つめ返した。

「意外って顔してるんじゃねぇよ。日本は法治国家だろ」
長谷部が憤然と言い放った。

13

尾崎康介は、九人の少年を一人ずつ監視し、隙を見て拉致したのち、彼の言う記憶共有実験を行っていたことを認めた。記憶共有実験を行おうと思った経緯、また、そもそもどうやって九人の少年たちの存在を知ったのかについては黙秘を貫いているという。それでも、未成年者略取および誘拐と傷害の容疑は変わらない。おそらく起訴され有罪になるだろう。

記憶共有実験はもともと最上博士のアイデアだが、それを榊原吉郎が盗み出し、おそらくは父である榊原茂吉に渡した。ライデン製薬とボディハッカー・ジャパン協会のカール・カーンにもデータは渡っているだろう。

「尾崎康介は、ボディハッカー・ジャパン協会のメンバーであることは事実として認めていますが、品川と横浜のクリニックでクローンが生まれた経緯について、自分は関知していないと主張しています」

祐一の報告に耳を傾けていた島崎は途中から不満げな表情になった。

「で、その記憶共有実験とやらは成功したのか？」

祐一たちが踏み込んだときには、尾崎の実験は始まっていた。

「数人の少年が夢を見たと語っています。そして、その夢の内容の一部が一致しているようです。それは少年のうちの誰かの記憶なのかもしれませんが、特定するには至っていません」

「最上博士の理論は正しかったのか、それとも間違っていたのか？」

「わかりません。あのまま続けていたら成功していた可能性も否定できません」

「なるほどね」

島崎は肩をすくめた。

「九人の子供たちの心のケアをしっかりさせよう。自分たちがクローンだなんてわからせないように、よく似た者同士が集められたとか、適当な言い訳を考えないと」

「ええ」

「それから、榊原茂吉に関してだが、九人の少年たちとのつながりもなければ、最上博士の実験データを盗むよう息子に指示したという証拠もないから、周辺を嗅ぎまわったりしないように」

次期ノーベル賞候補者には手心を加えるべきだということだろう。警察として非常に問題のある態度だと言わざるを得ないが、祐一は黙っていた。

「話は変わるが」

島崎はデスクを回って、祐一の座る応接ソファへやってきた。その手には茶封筒が握られていた。

「公安がボディハッカー・ジャパン協会を監視しているらしい」

「公安が？」

祐一は島崎が手にする茶封筒に引き付けられた。

「おまえも知ってのとおり、公安は新興宗教団体も監視対象にしているからな。ボディハッカー・ジャパン協会だって、トランスヒューマニズムという科学と宗教の合体のような新興宗教に見えなくもない。代表のカール・カーンはカリスマ教祖以外の何者でもない」

島崎は手にしていた茶封筒から二枚の写真を抜き出した。

「これを見てほしい。驚くなよ。驚くだろうけど」

最初、それが何かよくわからなかったが、いろいろなものが見えてくると、頭が写真にある事実を理解できなくなってきた。

「これは……」

一枚目は、どこか外国で執り行われた葬儀のようで、棺に納められた男のまわりを男女が取り囲み、花を供えている場面を写したものだった。もう一枚は、男の死に顔のアップ写真だ。豊かな黒髪をした、彫りの深い顔立ちの男だ。髪型が違うとはいえ、その顔は見覚えのあるものだった。

問題はなぜ彼が死んだように扱われているのか、だ。

「カール・カーンにそっくりではないですか！」

「須田ヨシキ、三十四歳。アメリカ、シアトル在住の物理学者だったが、昨年の暮れ、心筋梗塞により死亡。もともと心臓に持病を抱えていたそうだ」

祐一が感想を思いつく前に、島崎はもう二枚の写真を寄越してきた。

「こっちも見てほしい」

同じく外国の葬儀のときの写真と生前の顔写真だ。金髪短髪、彫りの深い男で、白色人種のようだったが、やはりカーンによく似ていた。

「ショーン・スミス、三十四歳。ウォール街で金融マンをしていたが、今年の春に、がんの全身転移により死亡。そして、これがご存じカール・カーンだ」

最後に、カール・カーンの写真を目の前に滑らせた。

祐一は並べられた写真を見つめた。須田ヨシキ、ショーン・スミス、そして、カール・カーン。髪の有無や色の違いはあれど、顔かたちは非常によく似ているように見えた。特にショーン・スミスとカーンは同一人物としか思えないほどよく似ていた。

その意味するところは、いまや一つしかないように思われた。

「彼らはクローンかもしれないと?」

島崎は神妙な顔つきでうなずいた。

「となると、オリジナルは誰なんだろうな?」

祐一もそのことについて考えていた。

最上博士が語っていた。クローンには二種類あり、受精卵を分割する場合は、オリジナルという概念はなくなるが、もしも、体細胞をクローニングした場合には、オリジナルが存在する。

祐一が説明してやると、しばし考えてから、島崎は口を開いた。

「なるほど。体細胞クローニングなら、最低でも十月十日（とつきとおか）を過ぎた年上のオリジナルがいるはずだっていうんだな。でもだぞ、赤ん坊の体細胞クローンをつくっても意味ないからな。やるんなら、十月十日前の受精卵のときにやればいいわけで。おれはやっぱり成人した大人が、自分と同じ存在を残すために体細胞からクローンをつくったんだと思うね」

「記憶共有実験は、年老いたオリジナルが若いクローンに記憶を受け継がせるための実験です」

「やっぱりか……。さて、そうなると、オリジナルは誰だ？」

その質問には簡単に答えられそうな気がした。祐一はカーンの写真を指で示しながら言った。

「そもそもヒトのクローンをつくることは非常に難しいと言われています。にもかかわらず、いまから三十五年前に、その技術を持った科学者が世界にいったい何人いたでしょうね」

島崎もすぐに思い至ったようだった。

「思ったとおりだ。われわれはとんでもない大物を相手にしようとしているのかもしれないぞ」

赤坂にあるサンジェルマン・ホテルの二階のラウンジに向かうと、最上博士が一人で止まり木に腰掛けており、ナイフとフォークを使って器用にステーキを食べていた。

「めずらしいですね。ステーキですか？」

「ほら、わたしってば、ここの常連でしょう？　だから、顔見知りのバーテンさんに頼めば、ステーキだろうが、てんぷらだろうが、お寿司だろうが、何でも出てくるのよ」

目の前のバーテンダーが、グラスを拭きながら、苦笑いを浮かべた。

「はは、さすがにてんぷらやお寿司はお出しできません。こちらのお肉もお客様にお持ちいただいたものを厨房でお焼きしただけですので」

祐一はスタウトとソーセージのソテー、ザワークラウトを注文した。

ふと最上の傍らを見ると、あまりにも場にそぐわないために目に入らなかったのだが、洋菓子のモンブランが置かれていて、最上はステーキをたったいま口に入れたばかりのフォークを使って、そのモンブランを崩して食べていた。見ているだけで、胃がむかつくようだった。

「よく、主食を食べながら甘いものを食べられますね」

「大丈夫、甘いものは別腹だから」

「その言葉はそういう意味で使わないと思いますが」

スタウトが来ると、二人は乾杯をした。話し声が聞こえないほど遠くへバーテンが移動すると、祐一は声をひそめて話し始めた。

カール・カーンにそっくりな二人の男が、心筋梗塞とがんで亡くなっていたこと、彼らはカーンと同じクローンかもしれないこと。

どこかにカーンのオリジナルがいるかもしれないこと。

「そっか。カーンさんはクローンだったんだね」

最上はどこか悲しげな様子でそう語った。まるでクローンであることが悲劇的な結末を迎えることを運命づけられているかのように。

「クローン技術は動物においてさえ、いまだ安全な技術とはいえません。現段階でクローン動物には奇形や染色体および遺伝子異常、健康異常などが多く見受けられます。より高度な技術が要求されるクローン人間においてはさらに高頻度に異常が見られるようになるでしょう。カール・カーンと仲間たちに病気が多く、短命なのは彼らがクローンだからではないでしょうか。だからこそ、カーンは最先端科学の力を借りて、病や死から逃れようとしているのかもしれません」

最上はステーキを平らげ、モンブランもぺろりと食べてしまうと、バーボンの水割りを口にした。

「カーンさんはただ生きようとしているんだね。カーンさんだけでなく、人はみんな生きようとしているんだ」

祐一ははっとして最上を見た。

最上はぼんやりとしたまま続けた。

「それが手段を選ばない行為だとしても、誰かが止めようとするのは間違ったことなんじゃないかなぁ。だって、生きようとすることは罪じゃないもんね」

「最上博士」

祐一は思わず厳しい口調になった。

「生きようとすることは罪ではありませんが、生きようとするための手段が罪ならば、それは許されないという話をしているんです」

許されないのだろうか？

祐一はほんの一瞬の間、そう自分自身に問うた。

妻を冷凍保存している男に口にする資格などないが、一般論で考えてしまう。

生きるために行われる手段の中に、罪になることなどあるのだろうかと。

14

夜八時過ぎ、祐一は豊洲にある高層タワーマンションのエントランス近くで、ある人物が現れるのを待っていた。

その人物は一年前までは千駄ヶ谷にあるプール付きの豪邸に住んでいたが、いまはここにあるタワーマンションへ引っ越してきている。かつてはジムに足しげく通い、プールで泳いだというが、いまその習慣はない。祐一は情報を玉置から得ていた。

通りの先からその人物がやってくるのが見えた。向こうも気づいたようで、驚きをあらわにして、それから怒りの表情を浮かべた。

「人の家まで来て何の用だよ」

三枝益夫は食ってかかるように怒鳴ったが、祐一にはまるで虚勢を張った犬が吠えたようしか見えなかった。

いまは憐れみしか感じられなかった。

「いつからだ」

祐一は静かに尋ねた。様子がおかしいと見て取ったのか、三枝は出鼻をくじかれたようになって、声の調子を落とした。

「何が？」

「学生のころから水泳が大の得意で、高校時代にはインターハイにも出場したほどだったらしいな。茶髪なのも塩素のせいだったとか。社会人になってからも水泳を日課にしていたそうじゃないか。プール付きの豪邸に住み、仕事に行く前にひと泳ぎして、ジムにまで行って泳いでいた。そのおまえが、タワーマンションに引っ越してきて以来、ジムにも行かなくなっている。わたしの部下がそう報告した」

三枝の目に宿っていた怒りが消えた。しばらく何も言わなかった。魂が抜けたようにただそこに立ち、どこでもない虚空を見つめていた。

視線がようやく祐一に戻ってきた。

「いつ、わかった？」

「前に吸っていた煙草を吸わなくなっていた。他人の副流煙を避けて、あえて換気のいい歩道沿いの席を予約していた」

三枝はため息交じりに言った。

「肺がんを患(わずら)ってな。両肺を全摘(ぜんてき)した。いまおれは人工肺によって生かされている」

「人工肺？　そんなものがあるのか」

「完全自己完結型といって、埋め込み式の臓器で半永久的に作動する」

三枝は自嘲気味に笑って、自分の胸のあたりをとんとんと叩いた。

「水泳はもうできないし、激しい運動も無理だ。かなり目立つ手術痕があるんで、人目が気になって裸にもなれない」

「カール・カーンに助けられたのか？」

三枝はうなずいた。

「ボディハッカー・ジャパン協会とライデン製薬が研究する〝スーパーエッジ〟と呼ばれる超最先端医療のおかげで、おれは生かされている。それらの超最先端医療が一般に広まるにはまだ時間がかかるだろうがな。お前や都市伝説の言うとおり、この社会の上層階級にのみ提供されるサービスというものがあるんだ」

「カーンに頭が上がらないわけだな」

「そういうわけだ」

三枝は祐一を避けて、エントランスへ向かいかけ、足を止めた。死を覚悟した男の顔には迫力があった。

「小比類巻、昔のよしみで忠告しておく。カーンを敵に回さないほうがいい。この世界の上層階級にネットワークを張るカーンの力には他のどんな組織もかなわないからな」

祐一は三枝がマンションに消えていくのを見送った。背中に薄ら寒さを覚えながら。

15

須藤朱莉は帝都大学医学部付属病院に搬送されていた。ナースステーションに詰めている女性看護師に容態を尋ねてみると、須藤朱莉は白血球の減少が著しいため、無菌室で治療が行われているという。担当の医師を呼んでもらい、話を聞くことにした。

四十半ばほどの生真面目そうな男性医師がやってきた。警察庁から来たと聞くと、興味深げに祐一を見つめた。

「ご家族からの幹細胞移植を受けて、現在、容態は安定していて、快方に向かっていま
す」

それを聞いて、祐一は身体から鉛の重りがとれたような心地がした。それでも、急性放射線症候群になり、幹細胞移植まで行う事態となってしまったことに責任を感じずにはいられなかった。

祐一が黛美羽に声をかけたばっかりに、黛美羽だけでなく、須藤朱莉までもボディハッカー・ジャパン協会の掃除屋の手により口封じに遭うことになってしまった。

「よかった……」

祐一は思わずそうつぶやいた。

「少しの間なら、お顔を見ていかれても大丈夫ですよ」

医師が許可を出してくれたので、祐一は前室に入ると、上着を脱ぎ、マスクとシューズカバーをつけた。石鹼で手を洗い、何も触らないよう指示を受けて、無菌室に入った。

ベッドに横たわり、点滴につながれた朱莉は、黛美羽にスマホで見せられた写真とはまるで別人のように見えた。髪はすべて脱けており、がりがりに痩せ細り、とても快方

に向かっているようには思えなかった。

祐一は胸が締め付けられる思いだった。

胸の前で手を合わせて祈った。

早くよくなりますように、と。

申し訳ない、と謝罪した。

——亜美。

心の中でそうつぶやいた。

——亜美と同じクローンたち……。

きみたちが生まれてきた理由をつかんでやる。でも、忘れないでほしい。きみたちの人生はリアルだったし、この世に生まれ落ちて、世界の光に包まれたことは幸運だったはずだ。

亜美、きみがクローンであろうとなかろうと、きみへの愛は変わらなかった。

当然だ。いまも変わらず、きみのことを愛している。

16

尾崎康介は警視庁の正面玄関から堂々と外へ出た。傍らには、ボディハッカー・ジャパン協会に雇われている敏腕の弁護士、戸塚武典（とつかたけのり）がいた。戸塚は三十代で背が高く、髪はいつも七三に分け、銀のフレームの眼鏡をかけている。有能を絵に描いたような雰囲気の男だ。

警視庁前に停められた乗用車の後部座席のドアを開けると、すでにスーツ姿の男が座っていたので、尾崎はおやっと思った。銀色の短髪で、彫りの深い顔立ちである。どこか戸塚に似ていなくもない。

男がうなずくのを見て、尾崎は隣に乗り込んだ。

「どちら様ですか？」

銀色の髪の男は言った。

「カーンさんの秘書をしている沢田です」

運転手がアクセルを踏み、車が走り出した。

尾崎は助手席に座った戸塚に尋ねた。

「よく、保釈が許されましたね？」

前を向いたまま戸塚が答える。

「身元保証人をカーンさんが引き受けてくれたのが大きいでしょう。保釈金の一〇〇〇万円もカーンさんが立て替えてくれました」

「カーンさんには大きな借りが出来てしまいましたね」

「返す必要はないと言っていましたよ」

カーンの秘書を名乗る男が、胸元から何かを取り出した。それは注射器だった。男はニードルキャップを外すと、流れるような手つきで、尾崎の首筋に注射器を突き立てた。

尾崎は注射針から逃れようとしたが、すぐに身体に力が入らなくなった。

薄れゆく意識の端のほうで、男の顔がどこかカール・カーンにも似ていると感じていた。

第三章　移植される記憶

1

静かな夜だった。

小比類巻祐一はリビングのソファにもたれると、ノートパソコンを開いて、トランスブレインズ社のサイトにログインした。冷却器保管所のライブ映像を見るためだ。

冷却器の中の亜美は、世界で目まぐるしく起こる何事にも関知せず、安らかな眠りについていた。

「亜美……」

祐一は画面の中の亜美に呼び掛けた。

「きみはクローンだったのか……？」

祐一はがっくりと肩を落とした。

亜美は自分がクローンだとは知らなかったのだろう。

病弱さや短命であることはクローンの宿命だ。亜美もまたその宿命から逃れられなかったのだ。

――オリジナルは誰だ？

体細胞クローンであればオリジナルがいるはずだ。

誰が何のために亜美たちクローンをつくったのか？

その問いには、いまほとんど答えられる。ボディハッカー・ジャパン協会の創始者メンバーらが、記憶共有実験のためにつくったのだ。

亜美の人生とは何だったのか。そんなことを考えて、祐一は自分が亜美と同じクローンの竹内理恵と柳沢早紀の二人に話した言葉を思い出した。

――生まれてきた目的、人生に意味はあるのか。それは自分で自由に決めていいものですよ。

亜美は幸せだっただろうか？

「亜美、きみは幸せだったのか？」

祐一は馬鹿な質問をしたと思い、聞き直した。

「いや、きみは幸せだった。そうだね？」

祐一は、亜美と二人の愛の結晶である星来が幸せになることを祈って泣いた。


警視庁にある捜査会議室で、祐一はホワイトボードの前に一人たたずんでいた。ホワイトボードには、ライデン製薬、ボディハッカー・ジャパン協会、厚労省のトライアングルが描かれてある。このトライアングルは強固に結びつき、依存し合い、成り立っていた。

かねてより、ライデン製薬には黒い噂が付きまとっていた。不老不死の実現を旗印に、超最先端の医療技術の開発に従事し、この社会の上層階級者たちを対象に高額で提供しているというのだ。永久型人工肺を埋め込んだという厚労省の三枝益夫は、その超最先端技術を〝スーパーエッジ〟と呼んでいた。

都市伝説には真実が隠されていたのだ。

スーパーエッジはどこまで進んでいるのだろうか。上層階級のどこまで広がっているのか。

最上博士も話していたが、ゲノム編集技術を生殖細胞や受精卵の段階で用い、遺伝病の発症につながる遺伝子を改変すれば、遺伝病を持った子供は生まれてこなくなる。遺伝病で成功を収めれば、がんや糖尿病、心臓病、精神疾患などにもゲノム編集技術が適用されるようになるだろう。

そればかりか、太らない遺伝子や高身長の遺伝子、ＩＱの高い遺伝子など、世間一般で好条件と呼ばれる特性をゲノム編集で付加することさえできるようになる。親がこれから生まれ来る子供を望みどおりに設計する、デザイナーズベイビーの誕生である。

治療と改良（エンハンスメント）の境界はあいまいだ。先天的な異常や事故による変形を治療する技術がやがて美容整形にも用いられるようになった過程と同じ道をたどるだろう。

当然ながら、そのような技術の恩恵はまず裕福な人々が受けることになる。技術提供の効率化が進み、リーズナブルな値段で提供できるようになるまでは、一般の人々が恩恵を受けることはない。貧しい人々はいつまでもそれらのサービスを受けられないままだろう。

いま、究極の二極化が生まれつつあるのだ。

はたと思った。島崎課長はこの事態にどこまで気づいているのか。ライデン製薬とボディハッカー・ジャパン協会と厚労省のトライアングルを知っているだろうか。知っていないわけがない。

祐一たちSCISは島崎の手足として動いてきたが、深い真相を知らずにこれまで捜査に従事してきた。自分たちだけ蚊帳の外に置かれていたのではないのか？

――いいように使われていたのか？

長谷部ならそう憤るだろう。少し前ならば、祐一も同様に感じたはずだ。妻の亜美がクローンであることを知ったいま、ボディハッカー・ジャパン協会と関連があることを知ったいまでは、SCISにかかわることになったのは僥倖であり、運命であるかのように感じていた。

その夜、帰宅した祐一はノートパソコンの前に座ると、トランスブレインズ社のサイトにログインし、冷却器のカプセルの中の亜美を見つめた。傍から見れば、いつもとまったく変わりのない画面を見て、何が楽しいのかと思われるかもしれないが、この儀式は祐一にとって最大の慰めになっていた。

超最先端医療スーパーエッジがあれば、亜美は死なずに済んだかもしれない。いや、いま凍結された状態の亜美を生き返らせることができるかもしれない。そう思うと、どくどくと心臓が脈打った。

亜美を生き返らせることができるかもしれない。

その思いが強くなる。

スーパーエッジの情報を集めようと、ネットで検索をかけてみた。

超最先端科学という意味でのスーパーエッジという言葉は見つからない。都市伝説にすらなっていないのか。三枝が移植したという完全自己完結型の人工肺のことを思い出し、検索のキーワードをいくつか組み合わせて試してみたところ、驚くべきものを発見した。

「これは……？」

たどり着いた先は、心臓や腎臓に疾患を抱えた患者たちの集まる掲示板だった。拡張型心筋症、虚血性心疾患、弁膜症、先天性心疾患、慢性糸球体腎炎、慢性腎臓病、腎不全、遺伝性・先天性の疾患など……。肺や肝臓など他の臓器に疾患のある人もいるようだった。彼らの中には心臓や腎臓の移植を待ち望む人もおり、痛ましくも切実な病状を報告し合っていた。

その中に目を引くこんな書き込みがあった。


知り合いの金持ちで、移植した腎臓を〝完全自己完結型〟の人工腎臓と取り替えてもらったっていう人を知っている。完全自己完結型というのは、身体に穴を開けてチューブやワイヤを出す必要がないタイプのことで、半永久に機能し続ける腎臓のことらしい。


——完全自己完結型といって、埋め込み式の臓器で半永久的に作動する。

三枝の言葉がよみがえった。

〝移植した腎臓〟ということは、投稿者の知り合いの金持ちは、もともと腎臓の移植手術を受けていたということだ。にもかかわらず、わざわざ人工腎臓と取り替える手術を受けたというのだ。

この投稿の内容が事実であればの話だが。

掲示板の他のユーザーは驚くほど冷静で、この書き込みにまともに反応している者はいなかった。人工腎臓について少し調べてみたところ、その理由がわかった。末期の腎不全の患者は、血液中の老廃物を濾過するために、透析治療を受けつづけなければ生きられない。現時点で開発されている人工腎臓は、携帯型の体外式デバイスであり、チューブやワイヤは通常の透析と同じように、患者の身体の穴から通して血管につながなくてはならない。そのため、〝完全自己完結型〟なる言葉を他のユーザーたちは胡散臭く思ったのだろう。

現在のところ、通常の医療業界では、完全自己完結型の人工腎臓は開発されていないという認識のようだ。

三枝が嘘をつく理由などない。素人考えだが、自己完結型の人工肺が出来ているのであれば、人工腎臓もまた出来上がっていてもおかしくはないだろう。

祐一は、翌日にでもこの掲示板の責任者と連絡を取り、完全自己完結型の人工腎臓の書き込みをした人物のIPアドレスを開示してもらうよう頼むつもりだった。

一般的な常識をわきまえていれば、どこのどいつかわからないユーザーの書き込みにいちいち気を囚われたりはしない。

祐一はいま一般的な常識をわきまえながら、少し異常だった。自分の妻を冷凍保存する男が異常でないはずはないが、自分を異常だとわかっているうちは、正常であるとも思える。

妻の復活を夢見て、高揚している自分を感じていた。

2

翌朝から祐一は動いた。某掲示板サイトの運営者はネットの著名人だったので、アポイントを取って渋谷にある自宅マンションまで会いに行った。午前十時に寝惚け眼で玄関先に出てきた運営者に、掲示板の書き込み主のIPアドレスを尋ねると気軽に調べてくれた。

祐一はその足でプロバイダー会社に赴き、IPアドレスから個人を特定してもらった。ようやくたどり着いたのは、槙原輝義という四十五歳の大学病院に勤務する内科医だった。

御茶ノ水にある槙原の勤務先の名桜大学病院へ向かった。内科のある一画まで来ると、忙しそうに立ち働く看護師の一人に声をかけ、槙原医師を呼び出してもらった。診察室のほうから白衣を着た長身の男が現れた。胡乱な目をして、どこかおどおどとしている。書き込みの件で、警察が来たと察しているようだ。槇原は名誉棄損で訴えられかねない投稿をしているのかもしれない。

祐一は改めて身分を名乗り、掲示板での書き込みの件で聞きたいことがあると告げた。

槇原はやっぱりそうかというように、重いため息を一つ吐いた。

「仕事柄ストレスが溜まってまして、匿名掲示板の場でその発散をしていたんです。時には他人が傷つくようなことも書いてしまいました」

「いや、そうことではないんです」

祐一は槇原と廊下の端に歩いていき、持参してきたノートパソコンを開いて、昨晩見つけた槇原の書き込みの箇所を示した。

「これはあなたが書き込んだものですね？」

槇原は祐一が指し示した部分を読み、うなずいた。

「はい、そうです」

「これは事実ですか？」

槇原は驚いたように祐一を見た。どうやら祐一が人工腎臓を求めている患者本人かその家族なのかと思ったのかもしれない。

「完全自己完結型とありますが、すべてそっくり体内に収まるタイプの人工腎臓のようですね。ご存じのとおり、そのようなタイプの人工腎臓はまだ開発されておらず、厚労省の認可が下りていない代物かと思われます」

槇原は真剣な表情でうなずいた。

「おっしゃるとおりです。ぼくも寡聞にしてこの業界で完全自己完結型の人工腎臓がこの日本で開発されたという噂は聞いたことがありません。ですが、知り合いのお金持ち……といっても、ぼくの叔父さんの話なんですが、叔父さんが埋め込み式で独立型の人工腎臓を移植したのは事実です」

槇原の話によれば、父方の叔父さんこと槇原豊はもともと腎臓に疾患があり、長く透析治療を行ってきたが、いよいよ調子が悪くなった五年前に、腎臓の移植手術を受けた。術後は良好だったが、四カ月前、ある人物が訪ねてきて、人工腎臓と取り替えてはどうかと交渉を持ちかけられたという。

「なぜせっかく腎臓移植を受けたのに、人工腎臓と取り替えることに同意したんですか？　しょせん機械なわけでしょう？」

槇原は叔父に同情を寄せるような表情になって言った。

「臓器移植をすると免疫抑制剤を以降ずっと服用しなければならないんですが、高齢者が免疫抑制剤を服用するということは、病気と隣り合わせになるということですから」

そこで、槇原はそっとため息をついた。

「実はこの話は、叔父さんからは口止めされていたんですが、つい匿名の掲示板ということで書き込んでしまいました……」

槇原医師から叔父の連絡先を教えてもらい、いったん捜査本部に戻ることにした。

ここまで証言を得られれば、ＳＣＩＳ案件として長谷部たちを巻き込んでもいいだろう。最上博士もだ。

最上博士にも連絡を済ませ、翌々日の午前九時、捜査本部に集まってもらった。

「これからお話しするのは、ちょっと信じがたい不思議な話ではありますが、事実です」

祐一は、最上博士と長谷部警部を前に、ネットサーフィンをしていて偶然に見つけた、完全自己完結型の人工腎臓の取り替え事案について話した。

「完全自己完結型の人工腎臓、もう出来ていたんだね」

最上は目をきらきらさせて言った。

「ご存じなんですか？」

「うん。バッテリーやチューブは必要ない、透析よりも多くの腎機能の代用になる人工腎臓で、その中には患者さんの免疫系の幹細胞からつくられた本物の腎臓の細胞が入っているの。だから、本物の腎臓と同じように、血液の濾過を常時行って、老廃物を除去することができるんだよ」

長谷部のほうを見ると、首をひねっており、まるで話に乗り気でない様子だった。

「超最先端の科学技術が関与しているのはわかったが、それはＳＣＩＳ事案なんだろうか？」

「完全自己完結型の人工腎臓は厚労省が承認していません。それを患者の身体に移植する行為は薬事法違反に当たるでしょう」

最上が首を振った。

「ううん。未承認の医療機器でも臨床研究として行えば、薬事法に抵触しないで済むんだよ」

「そ、そうなんですね……」

これで、本事案をＳＣＩＳが追う主たる理由を失ってしまった。

長谷部がじっと祐一のほうをうかがっていた。

「ネットサーフィンで見つけたということだが、コヒさんはそもそも何をネットサーフィンしてこの事案を見つけたんだ？」

三枝から聞いたスーパーエッジの力を借りれば、妻の亜美を生き返らせることができるかもしれないと思ったから、とは言えなかった。

誤魔化さなくてはと思い、とっさにショッキングなことを打ち明けようと思った。

「厚労省の三枝益夫が、人工肺手術を受けたことを打ち明けました」

祐一は、島崎からの情報で、カール・カーンが公安の監視対象になっていることや、カール・カーンが何者かのクローンであり、何人もの似たようなクローンが存在していることを話した。

最上も長谷部も目を丸くして驚いていた。

「三枝はそれらの超最先端技術を〝スーパーエッジ〟と呼んでいました。ライデン製薬はスーパーエッジを開発し、ボディハッカー・ジャパン協会のメンバーで治験を行い、それをパスしたものを、この世界の上層階級者たちに高額で提供するという流れがあるんです。厚労省は見て見ぬふりをしているどころか、三枝は積極的に自身に取り入れていたくらいです。ライデン製薬の権利を競合他社から守るような働きをしていたとしてもおかしくありません。つまり、本事案も、われわれがこれまでに何度か戦った相手、ボディハッカー・ジャパン協会、ライデン製薬、厚労省のトライアングルが絡んだ事案であるかもしれないということです」

「なるほどね」

長谷部は素直に納得してくれたようだった。

最上は黙ったまま考え事をしていたようだったが、はたと首をかしげると口を開いた。

「スーパーエッジの人工腎臓って、外科医なら誰でも彼でも移植手術ができるってわけじゃないと思うんだよね。その人工腎臓についてよくわかっていないといけないんだからね。つまりね、手術を担当した医師は、ライデン製薬の人工腎臓を研究開発したチームの一員じゃないかなって思うの。あるいは、その人もまたボディハッカー・ジャパン協会のメンバーかもね」

長谷部が面白がるように言った。

「SCIS案件のあるところ、必ずカール・カーンがいるようだな。これは運命なのかな」

祐一は二人を見て言った。

「カール・カーンにはいずれ話を聞かなければなりません。ですが、まずは槇原豊から事情を聞いてみましょう」

「よしわかった」

長谷部は快活な笑みを向けた。

「何だかうまく丸め込まれたような気もするけど、動いてみるか」

3

槇原豊は、食品チェーン店ウゴウの創立者であり、いまは経営を息子に任せ、本人は鎌倉にある自宅で隠居生活をしているということだった。

高台に建ち海を見渡せる豪邸は敷地がどこからどこまでかわからないほど広大であり、門扉から長い長いアプローチを進んでようやく住居へたどり着いたモダン建築の家屋は、ガラスの外壁に包まれており、陽光を受けてきらきらと輝いていた。

玄関先で出迎えた槙原豊は、グレーのポロシャツにベージュのスラックスという格好で、七十五歳という実年齢よりも十歳は若く見えた。顔色もよく元気そうで、外面を見る限り、とても人工腎臓を埋め込まれているとは思えない。腎臓がなければ人は死んでしまう。そんな大事な臓器の一つが機械などとは……。

一瞬、目の前の男が、人間であって人間でないかのように感じられた。

人間とは何であるのか。機械が取って代わって機能する生命をはたして人間と呼べるのだろうか。

「警視正」

長谷部の声でわれに返った。黙ったままでいる祐一に、槙原が怪訝な表情を見せていた。

祐一は槙原に向かって口を開いた。

「警察庁の者ですが、人工腎臓の件で、お話を聞かせてください」

槙原は心臓を射抜かれたような衝撃を受けていた。秘密にしていたことがバレた上に、警察がやってきたのだ。相当に驚いている様子である。やがて観念したような声で言った。

「わかりました。中へどうぞ」

招じ入れられたリビングもモダンな落ち着いた雰囲気だったが、ソファから見晴らせる庭は日本庭園風だった。家政婦がコーヒーを淹れてくるというので、それまでの間、住居や庭園の話題に触れて雑談をしながら待った。やがて出されたコーヒーは島崎課長自慢のコピ・ルアクよりも美味だった。

槇原はまだ衝撃から立ち直っていないようで、コーヒーに口をつけていなかった。

祐一は居住まいを正して尋ねた。

「槇原さん、あなたは人工腎臓を移植しておられますか？」

「どこから漏れたんだ」

「情報提供者のことは伏せさせていただきます」

槇原豊は顔をしかめて言った。

「ええ。わたしはいま人工腎臓によって生かされている」

「槇原さんはもともと腎臓移植を受けているそうですが、人工腎臓移植に至った経緯を教えてくださいますか」

槇原は深いため息をついてから口を開いた。

「わたしは腎臓を患ってから延命というものに強い興味を持ってね。七、八年くらい前だったか、知り合いに紹介されたボディハッカー・ジャパン協会のメンバーになったんだが、つい四カ月前、ボディハッカー・ジャパン協会の会員を名乗る人物から連絡があって、完全自己完結型の人工腎臓の移植に興味はないかと話を持ち掛けられたんだ。それでいろいろ話を聞いて、それならば、ということで人工腎臓の交換手術を受けることにした。執刀は協会の医師に担当してもらった」

「しかし、なぜ移植手術に応じたんです？　せっかく適合する腎臓を移植できたというのに」

「なぜ？」

槇原はその問いに疑問を持ったというように眉を持ち上げた。

「生身の腎臓よりも人工のものがいいからに決まってるじゃないか」

それは驚くべき答えだった。

「もちろん、初めは抵抗があったんだが、話を聞いているうちに、生身の腎臓よりもずっといいことがわかったんだ――」

祐一は槇原からさらに聞きたかったのだが、専門的な質問は最上博士が答えてしまうのだった。

「あのね、臓器移植というものには限界があってね。遺伝子を適合させたり、移植後の臓器が拒絶されないよう、免疫抑制剤を服用しなくちゃならなかったり、とっても大変なんだ。さらに、移植後の臓器は遅かれ早かれ移植が必要な事態をもたらした原因疾患に襲われるようになるんだよ。もともと体質的に腎臓の病気になりやすかったということだね」

槇原は腕組みをしてうなずいた。

「機械だからまた病気でダメになることはないし、わたしが生きている限り働き続けてくれる。それなら、人工腎臓と取り替えたほうがいいと思って、移植手術に同意したというわけだ」

槇原は自分の心臓のあたりをさすりながら続けた。

「実は、最近心臓のほうも悪くなってきてね。たぶん人工心臓も出来ているんだろう。病状が悪化したら、人工心臓に取り替えてもらおうかと思っているんだ」

祐一は槇原の話についていけなくなり、絶句した。悪くなれば取り替えればいいという発想が、常人のものではないように思われたのだ。

一度機械に身体の一部を取り替えて命を助けられた者は、次も、その次もと、どんどん機械に身体を取り替えていくことに抵抗はないのだろうか。

最上が素朴な顔つきで尋ねた。

「でもさ、心臓まで機械に取り替えたら、槇原さんはいったい何で死ぬんだろうね？」

「え？」

槇原は質問の意図がわからなかったようで怪訝な顔つきをした。

最上が続ける。

「心臓が止まって死ぬことはないんだよね。じゃあ、何が原因で死ぬんだろう」

「それは……」

「脳死しかありえないことになるけど、加齢で身体の他の部分の機能が落ちていっても、心臓だけは丈夫で脈打つことをやめないって、けっこうな苦痛を伴いながら生きていく、いや、生かされていくことになると思うけど、大丈夫？」

「そ、そのときは、他の臓器も人工のものと取り替える！　肺も、肝臓も……」

「そうなったら、もう槇原豊さんの半分以上は槇原豊さんじゃなくなっちゃうね」

槇原はショックを受けたようにすぐには言葉を発しなかったが、よく考えてみたようで口を開いた。

「精神は脳みそに宿るんだから、脳さえわたしのものなら、わたしはわたしだろう」

「ふーん」

最上は納得していないようだった。明晰な頭脳を働かせてまた話が長くなる前に、祐一は肝心な質問をすることにした。

「あなたに人工腎臓移植の話を持ち込んだ人物の名前を教えてください」

槇原は首を振った。

「悪いが、それだけは口が裂けても言えない。固く口止めされたんでね。たとえ、逮捕されようとも黙秘するよ。もっとも、わたしは何の容疑で逮捕されるんだろうね？」

祐一と長谷部は顔を見合わせた。二人ともそれ以上追及する言葉を持ち合わせていなかった。

屋敷の外に出ると、長いアプローチを進みながら、祐一は気になっていたことを尋ねた。

「博士、人工物を取り入れていった身体を持つ人間は、人間という概念から外れた存在なのでしょうか？」

最上に聞いたのだが、長谷部が口を挟んできた。

「そりゃ、人間に違いないだろう。じゃなかったら、何だっていうんだ？」

「それこそ、ボディハッカー・ジャパン協会が言うような、人間を超えた者、トランスヒューマンです」

「人間の身体の一部の代わりに機械を使うのは昔からあるんじゃないか」

「義肢とは違い、内臓の場合はより命の根幹にかかわるものです。心臓や肺、腎臓であればなおのことです」

最上は小さく何度かうなずいた。

「祐一君が話しているのは、人間の人間としてのアイデンティティの問題だよね。人工的なパーツで身体を置き換えていった人間ははたして人間といえるのか。いったいどこまで身体を機械に置き換えていったら、人間は人間ではなくなるのか」

長谷部も考え込むように首をひねった。

「確かに、どんどん機械と取り替えていったら、最終的にはそれは機械そのもの、アン

ドロイドになってしまうな。でも、それこそ槇原が言っていたように、脳さえ残ってい
れば、人間ということでいいんじゃないか」

祐一は反論した。

「その脳さえも、薬物や電気刺激などで改良できる時代です」

長谷部は頭を掻いた。

「もう勘弁してくれ。おれのアナログの頭を絞っても答えは出ないよ」

「何が人間を人間たらしめているかだよね」

最上が総括するように言った。

「その人の内面的なもの、たとえば、個性とか、愛情深さだとか、創造性とかにスポッ
トライトが当たる時代になるかもね」

「心の時代というわけか。ていうか、いつの時代も心の時代なんだな」

長谷部が言うと、三人は笑い合った。

4

槇原豊に人工腎臓移植の話を持ち込んだのは、ボディハッカー・ジャパン協会の人間だという。手術を担当した医師も同協会のメンバーのようだ。

脳内インプラントのときと同様に、ボディハッカー・ジャパン協会には多様なジャンルの最先端技術に通じたスペシャリストたちがおり、生命倫理や法律を無視した問題を巻き起こしているかのように、祐一には感じられた。

カール・カーンが知っていようがいまいが、監督責任があるはずで、今回の事案には積極的に協力してもらおうと考えていた。

カーンには何度か連絡し、面会を求めていたが、なしのつぶてのままだった。島崎の話では公安がカーンを監視していると言っていたので、公安なら居場所をつかんでいるのかもしれないが、祐一に伝手はない。

どうしたものかと考えていた折、意外にもカーンのほうから連絡があった。

さらに驚かされたことに、カーンのほうが警察の協力をお願いしたいと懇願してきたことだ。

祐一は最上と長谷部を伴って、六本木にあるボディハッカー・ジャパン協会の本部へと向かった。

職員に案内されて、いつもの道場へやってくると、霞色の作務衣を着たカーンは草食動物の食事のようなブランチを取っている最中だった。銀色に輝く手を器用に使って、ナッツ類を口に放り込んでいた。

祐一たち三人は靴を脱いで道場に上がり、適当な場所に座った。

カーンはナッツを噛み砕き、水で飲み下してから口を開いた。

「ご足労をおかけしてすみません。それと、何度かご連絡をいただいていたようですが、応じられずに失礼しました。身体のメンテナンスでアメリカのほうに行っていたものですから。実は頼みごとがありまして――」

「あなたについて、いくつかわかったことがあります」

祐一はカーンをまっすぐに見据えた。カーンがクローンであるという秘密は、プライベートな事情であり、こちらが捜査をしている事案とは関係がない。祐一は言及するつもりはなかったが、それを握っていると相手に伝わる時間を与えたかった。

カーンは微苦笑を浮かべた。

「誰にでも秘密はあるものです。そうでしょう？　小比類巻警視正」

「そうかもしれませんね」

祐一を見つめるカーンの目には力があった。カーンもまた〝おまえの秘密を知っている〟と心の声で語っていたのかもしれない。

祐一の思い過ごしだろうか？　いや、トランスブレインズ社の顧問であるカール・カーンは祐一の秘密を知っているかもしれなかった。

カーンが本題に入った。

「お恥ずかしいことに、会員情報を保管しているサーバーがハッキングに遭いましてね。一部の会員情報が流出してしまったんです。バックドアが仕掛けられていました。ハッキング用のソフトウェアのことです。それを仕込めるのは、身内である可能性が高いのです」

「犯人を見つけろと？」

カーンは首を振った。

「いいえ、それを頼むのであれば、サイバー犯罪対策課に連絡していますよ」

カーンの意図が読めなかった。

「では、われわれを呼んだ理由は？」

「わたしたちの会員はみなさん、科学技術の力を借りて人間を進化させようというトランスヒューマニズムの熱心な信奉者です。中には不老不死や延命というものに強い興味を持っている方々もいらっしゃいます。そういった方々の中には、実際に病や怪我で苦しんでおられ、だからこそ延命や不老不死に取り憑かれている方もいるんです。わたしたちの会員は富裕者が多く、彼らはその実現のためには金銭を惜しみません。会員情報の中には資産状況や病歴などの情報も紐づけられていますから、最先端の医療技術を提供したいと考えている側にとっては垂涎の情報となります」

霞が晴れるように話がだんだんと見えてきた。つまり、こういうわけだ。

槇原豊が協会に話したのか、目下、祐一たちＳＣＩＳが人工腎臓移植の調査をしていると知ったカーンは、自分たちがそれに関与している当事者だと疑惑の矛先を向けられるのを避けるために、むしろ情報を盗まれ悪用されている被害者であるようなふりをしているというわけだ。

そうとわかりながらも、祐一はカーンの意図に気づかないふりをして尋ねた。

「実は目下、自己完結型の人工臓器を移植したという人物の調査をしているところなんです。槇原豊さんという方なんですが、ボディハッカー・ジャパン協会のメンバーだそうですよ」

「そうでしたか。前も話しましたが、当協会の会員はいまや一〇〇〇人に迫る勢いなので、その方のお名前は存じ上げませんが」

隣で長谷部が鼻を鳴らしたが、祐一もカーンも無視した。

「槇原さんは一度生身の腎臓の移植を受けている方です。協会の情報を盗んだ何者かが、槇原豊さんなら自己完結型の人工腎臓に興味を示すだろうと考え、接触したのかもしれませんね」

カーンが両手で顔の汗をぬぐうしぐさをした。

「ああ、それこそ、わたしが恐れていたことです。それで、槇原さんという方はその人工腎臓の移植手術を受けたんですか？」

祐一はにやりとした。

「カーンさん、自己完結型の人工腎臓というものが出来上がっていることには驚かれないんですね」

カーンは肩をすくめた。

「うちのメンバーの中には最先端科学に通じた方々が少なくありませんから」

最上が無邪気な声で入ってきた。

「ねえねえ、カーンさんが槙原さんに人工腎臓を移植したらどうかって勧めたんじゃないの?」

カーンは微笑んだ。

「わたしはそんなことはしませんよ」

祐一は咳払いをして最上を黙らせると、話を続けた。

「いま現在この日本において、いや、世界を見渡しても、自己完結型の人工腎臓が開発されたという情報はありません」

「ええ、わたしも聞いたことがありません」

カーンは涼しい顔でそう応じた。

「ライデン製薬は超最先端の科学技術によりいくつもの医薬品や医療機器を開発しているようですね。それらの技術や製品はスーパーエッジと呼ばれているとか。ボディハッカー・ジャパン協会はライデン製薬に人体実験のための人材を提供しているという噂があります。今回のケースも――」

「噂ですよ」

「今回のケースも、ライデン製薬が開発した製品をボディハッカー・ジャパン協会所属の医師が何者かの斡旋により槇原豊さんに提供したのではないですか？　あなたの友人である厚労省の三枝さんが人工肺の移植手術を受けたように」

カーンは何をどう答えたらいいかというように小首をかしげ、両掌を胡坐の中で組み合わせた。

「わたしたちの協会にはいまや一〇〇〇人に迫るほどのメンバーがいますから、そのうちの誰かが勝手にスーパーエッジなる技術を提供している可能性は捨てきれません」

のらりくらりとこちら側の攻撃はすべてかわされてしまう。協会を隠れ蓑に使い、カーンの行動は表立って見えてこない。

カーンは本当に何も知らないのだろうか。本当に何もしていないのだろうか。協会をつくっただけで、会員に自由な言動を促しているだけとか……。

そんなはずはない。この男はいつも大渦の中心にいる。

祐一もカーンも、誰も発言しない間が続いた。その沈黙の隙間を狙ったように祐一のスマホが鳴った。相手は島崎課長だった。

「ちょっと失礼します」

道場の外に移動して、応答すると、島崎が興奮した様子で言った。

「小比類巻、ＳＣＩＳ案件だ。有名な投資家の遠藤和馬が殺害された。心臓を抜き取られたらしい。至急、課長室まで来てくれ。あ、そうそう。最上博士も一緒に」

祐一は通話を切ると、カーンのもとへ戻った。カーンは祐一の顔色から、何かが起きたことを見抜いたようだったが、朗らかな笑みを浮かべて言った。

「警視正はお忙しいのでしょうね。それではみなさん、またお会いしましょう。ごきげんよう」

メディアにもたまに顔を出す富豪の投資家、遠藤和馬は港区にある自宅のタワーマンションで、リビングのテーブルにあおむけになった状態で、胸部から大量の血を流して死亡していた。検視によれば、専門家による開胸手術が行われており、きれいに心臓だけが摘出されているという。防御創がないことから、薬物で眠らされたあと、手術が行われたのだろうと考えられた。

島崎は、現場検証を行った警視庁捜査一課の見解として、犯人は遠藤和馬と知り合いである可能性が高いという。一階のエントランス前にあるインターフォンで訪問者の顔を確認することができる。門前払いされなかったということは、知人であるか、宅配便などと素性を偽ったかだが、エントランスとエレベーター内にある防犯カメラの映像には、カジュアルな服装の男と女二人組が映っていたというのだ。ただし、男はソフト帽を女はキャップを目深にかぶっていたために、二人とも面貌がわかりにくい。

現在、遠藤の遺体は東京都監察医務院へ送られ、柴山医師の手によって行政解剖が行われる予定だ。

「奇妙な殺され方だから、おれのところにまで情報が上がってきた。それにしても、時を同じくして、移植された腎臓と人工腎臓を取り替える事案が起きていたとはな」

島崎による殺人事件のあらましを聞いてから、祐一は目下かかわっている人工腎臓の移植手術の事案について報告したのだった。

「自己完結型の人工腎臓とは……、すごい代物がつくられる時代なんだな」

島崎の求めに従って、この部屋は初めてになる最上博士が、祐一と長谷部には話した人工腎臓の仕組みについて熱く語った。

「へえ、大したもんだなぁ」

島崎は当たり障りのない反応を返した。

祐一は話を元に戻すことにした。

「二つの事案は別々の案件でしょうか？」

「別々じゃないのか。一方は心臓を奪われて殺されて、もう一方は本人も同意の上で移植された腎臓を人工腎臓と取り替えているわけだから」

祐一と島崎がうなっていると、最上が割って入るように言った。

「遠藤さんは同意しなかったから、殺されて、臓器を奪われたのかもよ？」

「ええっ？　同意？」

「心臓を人工心臓と取り替える同意だよ」

島崎に対して最上は何のためらいもなくタメロを使っており、祐一はハラハラドキドキしながら見守っていた。

祐一が使ったならば、やにわに叱責（しっせき）が飛ぶだろうが、なぜか最上に対しては、島崎は気にしたふうも、気づいたふうさえないようだった。

島崎は最上の見立てに感心したようにうなずいた。

「なるほど。犯人はどうしても遠藤和馬の心臓を手に入れたかったと仮定しよう。そこで人工心臓との交換を持ちかけたところ、遠藤が拒否をすれば、遠藤を殺してでも心臓を盗み出すかもしれないな。どうして犯人は遠藤の心臓を欲しがったのか……」

「ねえねえ、タワマンの防犯カメラの映像見せて」

「ほら、これだ」

島崎はノートパソコンを操作して、動画ソフトを起動させた。マンションのエントランスから入ってくる二人組の姿をとらえた映像だった。黒いソフト帽をかぶった年齢不詳の男とキャップをかぶった女が映っていた。

「ほら、男の人のほうが肩から掛けているの見て」

男は肩から大きな箱型のバッグを掛けていた。スイカが悠々入るようなサイズである。

最上が断言するように言った。

「クーラーボックスだね。犯人は遠藤さんの心臓をもらう気満々で乗り込んだんだね。クーラーボックスは心臓を保存するためのものだから、犯人は心臓を移植用に盗んだことになる」

「移植用だと？」

「そう」

祐一は最上の見立てに感心しつつ、島崎に向かって言った。

「となると、両事案の共通項は臓器移植ということになりますね」

「そうだな。別々の事案じゃなさそうだな」

島崎も同意するしかなさそうだった。

島崎のスマホが鳴った。島崎は応答して一言二言話してから、祐一に「柴山先生だ」と言って手渡してきた。

スマホを耳にあてがうと、柴山の声が言った。

「あ、コヒ君。この被害者の方、前に心臓移植を受けた形跡が見られるんだけど……。それで、警察の人に、生前服用していた薬はないかと聞いて、手渡されたのが免疫抑制剤だったのよ。これって、他人の臓器を移植したあとに起きる拒絶反応を抑えるための薬なの」

祐一は通話を切ると、柴山との会話を伝えた。

最上も驚いている様子だった。

「へえ、遠藤さんは移植してもらった心臓を盗まれちゃったってことだね。てことは、人工心臓と取り換えないか交渉があったんだろうね」

島崎は衝撃を受けたようにかぶりを振った。

「うむ。これで両事案が完全に関係のあるものだとわかった。遠藤和馬を殺害した犯人は、槇原豊の腎臓を交換したのと同一人物だ」

「ええ、そのようですね。事案は殺人事件になりましたから、槇原豊には今度こそ移植手術の話を持ち込んだ人物の名前を吐かせましょう」

島崎はまぶしげに祐一を見つめた。

「何だか、刑事っぽくなってきたじゃないか」

「いえいえ、そんな……」

祐一はまんざらでもない気分だった。

ふと見ると、最上が顎に手を添えて首をかしげ、何やら考え込んでいる様子である。

「どうして犯人はそこまでして二人の腎臓と心臓が必要だったんだろう」

島崎が意外そうに最上を見た。

「それは、犯人が欲しがっている臓器と槇原と遠藤二人の臓器の何というか、相性がいいからじゃないのか？」

最上が怪訝な表情をした。

「ＨＬＡ型の組織適合性のこと？　確かに、腎臓の移植ではＨＬＡ型は重要だけど、心臓の移植ではＨＬＡ型は関係ないんだよ。関係あるのはせいぜい血液型くらいで」

「そうなのか……」

祐一は最上の話を聞いて混乱した。

「であれば、どうして犯人は遠藤和馬の心臓を欲しがったんでしょうか？」

最上は答える代わりに、腕組みをしながら言った。

「祐一君、ハッセーに頼んでさ、槇原さんに移植された腎臓と遠藤さんに移植された心臓、もともとは誰のものだったのか探し出してもらえないかな？」

「わかりました。何とかしてもらいましょう」

5

捜査会議室でコーヒーを飲みながら待っていると、まず玲音がぷんぷんと怒りながら入ってきた。その後ろから森生がおずおずと続いた。

「信じられませんよ」

どすんと椅子に座り、玲音が口角泡を飛ばした。

「槇原豊は容疑者の名前を吐きません」

長谷部が驚いた声を上げた。

「殺人事件だって言ったのか？」

「当たり前じゃないですか。理由を聞いてください。命の恩人を売るわけにはいかないって言うんですよ」

「小娘と小僧だからなめられたんじゃないのか」

「それじゃ、自分が聞き出してみてください。取調室にまだいますから」

玲音が親指で後方を示すしぐさをした。およそ上司に対してしていいジェスチャーではない。

長谷部がどうしたものかとうなっていると、玉置がまた怒った様子で現れた。

「最初に言わせてもらいますけど、今回の仕事すっごくやりづらかったっす」

玉置は疲れ果てたというように、また、目の前に階級が上の人間がいることなど忘れてしまったように、椅子にもたれた。

「この世の中には臓器移植法っていうものがあって、臓器を提供する臓器提供者さんの個人情報っていうのは守秘義務で守られているんですよ。移植手術を担当する医師も看護師もそもそも臓器提供者の名前を知りませんし、唯一知っているのは臓器提供者と臓器受給者との間を取り持つコーディネーターだけなんですが、もちろんコーディネーターは口を割っちゃいけない決まりなんですよ」

長谷部が眉間にしわを寄せて聞きながら言った。

「でも、殺人事件は正当な理由だろ。で、どうなった？」

「だから、もちろん、聞いてきましたよ」

「うん。それなら、そこからの話をしてくれるか」

「おれよりも年下のコーディネーターに、まず警察官であるかどうかから疑われ、警視庁に確認の電話までされ、事件のあらましを根掘り葉掘り聞かれたんすよ。ショックでしたね。おれ、もう少しで泣きそうでした」

「で、槇原豊と遠藤和馬、二人への臓器提供者の名前は？」

「田部春斗、十四歳です。槇原豊、遠藤和馬ともに田部春斗から臓器を提供してもらっていました」

意外な話に、祐一と長谷部は顔を見合わせた。二人ともそれがどういうことだろうかと考えた。

最上が感嘆した声を出した。

「へえ。まさか、槇原さんと遠藤さんの臓器提供者が同じ人物だったとはね！　ってことは、田部春斗君のご遺族が犯人ってことになるよね」

「やっぱりそうなる……よな？」

長谷部が祐一に尋ねた。祐一もその可能性について考えていたところだった。

「なるかもしれませんね。しかし、遺族がなぜ亡くなった子供の臓器を取り返そうとするんです？」

「さあ……」

長谷部は首をひねった。

最上博士は椅子からぴょんと立ち上がった。腕時計で時間を確認すると、残念そうに顔をしかめた。

「ああ、ひょっとしたらもう手遅れかもしれないけれど、とにかく春斗君のご遺族のもとへ急がなくちゃ」

最上が戸口へ向かって歩き出したので、祐一と長谷部はうなずき合うと、急いで彼女のあとを追った。

6

長谷部の運転するクラウンに乗りながら、祐一は道中に理由を聞き出そうと、最上博士に尋ねた。

「どうして田部春斗君の家族は、槇原豊と遠藤和馬二人の臓器を取り返したんでしょうか?」

最上は驚くべき答えを用意していた。

「それはね、田部春斗君の記憶を呼び戻すためだよ」

祐一も長谷部も意味がわからず、最上の続きの説明を待った。

「前にさ、心臓や腎臓といった臓器を移植すると、臓器提供者の記憶が臓器受給者に移植されることがあるって話したよね」

「ええ、覚えています」

「記憶転移って言うんだけどね。統計的にどのくらいの確率で起こるのかはわからないんだけれど、ドナーの性格や趣味嗜好(しこう)がレシピエントに伝わったという報告が数多くなされているんだよ。偶然の一致とは片付けられないほどの実例がね」

長谷部がバックミラー越しに尋ねた。

「ドナーとレシピエントって連絡取り合っちゃいけないのに、よく確認が取れたな」

「ドナーの情報はレシピエントにはわからないようにはなっているんだけれど、ドナーが情報を公開することは許されているからね。ドナーから手紙を受け取ったり、その家族から知らされたレシピエントが、ドナーのことを知るようになることはあるの」

祐一は興味を持って尋ねた。

「前も例を挙げていましたが、他にはどんな実例があるんです？」

「たとえば、バレーダンサーのクレア・シルヴィアはね、心臓と肺の手術を受けたんだけれど、移植後に食に対する嗜好ががらりと変わったというの。いままで職業柄避けていたビールやチキンナゲットなんかを無性に食べたくなったりとかね。しばらくしてドナーの遺族と会う機会があって、ドナーである遺族の息子が、生前にビールとチキンナゲットが大好物だったことがわかったんだって」

長谷部が疑り深い声で言った。

「心臓を移植するという大手術を経験して死生観に変化が起きたんじゃないか？　それで、百八十度真逆の性格になったとか？」

「他にもこんな例があるよ。幼くして死去した十歳の少年から心臓を提供された八歳の少女が、移植後に見知らぬ男が出てくる悪夢にうなされるようになったの。その男の顔があまりにもはっきりと見えるものだから、似顔絵に描き起こしたんだって。その後、十歳の少年は未解決の殺人事件の被害者であることが明らかになったんだけど、少女の描いた似顔絵や場所の記憶が決め手となって、犯人の逮捕に結びついたんだそうだよ」

「そんな馬鹿な！」

長谷部は叫んでいた。

「そんな馬鹿な！　と叫びたくなるようなことが、この世の中には時として起こるの」

非常に非科学的な話である。過日、最上博士により、脳は記憶を保管する器官ではなく、集合的無意識にアクセスするための受信機であるとする説を聞かされたばかりだ。それさえ祐一は疑っていたが、今度は心臓や腎臓に記憶が宿るという。脳ではなく、心臓や腎臓に？　いや、そうではない。

「最上博士は、心臓や腎臓もまた脳と同じように集合的無意識にアクセスするための受信機であるというんですか？」

「うーん、そうなっちゃうよね。細胞の一つ一つに記憶は宿るという説を取る人もいるんだけどね」

「そんな馬……」

言いかけて長谷部は口をつぐんだ。

最上は続けた。

「わたしは科学というのは確固たる理論よりも現実に起きている事象のほうを重視するべきだと思っているから、現実がそうであるならば、その現実を証明するための理論を考えなければいけないって思うの。となると、心臓や腎臓、いや、細胞の一つ一つが記憶にアクセスする受信機なのかもね」

長谷部は、言いたいことを言わずにいるのが苦痛だったのだろう、いきなり首を振った。

「おれは信じない。おれは信じないぞ」

ようやく、最上の言う〝田部春斗君の記憶を呼び戻すため〟の意味がわかった。

「なるほど。田部春斗君の家族は、春斗君の記憶を呼び戻すために、記憶の受信機になりうる心臓と腎臓をレシピエントたちから取り戻したというわけですか」

「そういうこと」

祐一は考えた。槇原豊と遠藤和馬に臓器を提供した田部春斗の親族が、春斗の臓器を取り戻し、その記憶をよみがえらせようとしているのだとしても、臓器を入れる器である身体がなければどうしようもないではないか。ドナーはとっくの昔に灰になってしまっているはずだ。

祐一がそのことを指摘すると、最上も「わたしもそれを考えていたんだ」と答えた。

「心臓や腎臓から記憶を引き出す機械なんて、わたし、想像もつかない。それとも、ライデン製薬やボディハッカー・ジャパン協会には、とんでもない天才がいて、心臓や腎臓から記憶を引き出す装置を開発したのか……」

最上は好奇心と期待と一抹の不安を感じさせる目をしていた。

「とにかく、田部家へ急ぎましょう」

7

「春斗……」

田部美鈴（みすず）は、テーブルの上に寝かされた子供の頭を優しくなでた。春斗と名付けられた男の子は五歳にまで成長していた。

十四歳で春斗が交通事故で死亡したとき、すでにこの大いなる計画は始まっていたのだ。

春斗は脳死と診断されると、父と死別していたため唯一の家族だった母の田部美鈴の承認を得て、臓器摘出チームにより心臓と腎臓が取り出された。十五歳未満であっても、家族の承認があれば臓器提供は可能になる。臓器は限られた時間内、腎臓であれば二十四時間以内、心臓であれば四時間以内に、レシピエントの身体に移植されなければならない。臓器は特殊な保存液と氷に漬けられ、クーラーボックスに梱包（こんぽう）されると、すぐさま名の知れぬ二人のレシピエントのもとへと運ばれていった。

火葬されてしまう前に、臓器を抜かれた春斗の身体から体細胞が摘出された。田部美鈴の卵巣から取り出された卵子の核を除去し、春斗の体細胞の核をその卵子に移植することにより、春斗の体細胞クローンが作製された。

あれから五年……。春斗のクローンは健やかに、そして、春斗そっくりに育ち、春斗とは違う人格を持つようになったが、美鈴は本物の春斗のことを片時も忘れたことはなかった。

美鈴は春斗もそのクローンも同じくらい愛したが、春斗のクローンが十四歳まで生きた春斗の記憶を一片たりとも持たないことがいたたまれないほど悲しかった。

脳死した春斗の脳は、身体とともに焼かれて灰になってしまった。春斗が残したものは心臓と腎臓だけだ。他人の身体の中でその二つは今日まで生き続けた。

スーパーエッジが誕生する時代まで、他人の身体を借りて生き永らえさせたのだ。

春斗の身体の一部がいまもなお生き続けているのだ。

記憶を保持している可能性のある心臓と腎臓があれば、春斗と同一の身体があれば、その二つを合体させることで、再び十四歳までの記憶のある春斗が再誕生する。

愛しい春斗と春斗のクローンが合わさってくれることを、美鈴は心から祈った。

「春斗、これで春斗は本当の春斗になれるんだよ」

美鈴は傍らに立つ医師の渋沢尚之に向かってうなずいた。トランスヒューマニズムの熱烈な信奉者であるこの医師は、自らの追究心を満たすためとはいえ、美鈴の願いを叶えてあげるべく一緒に危ない橋を渡ってくれたのだ。

「それでは、先生、お願いします」

ライデン製薬が開発した特殊保存液に浸かっている心臓も、十時間以上、血液の循環が阻まれたままだとダメになってしまう。

渋沢はうなずくと、クーラーボックスを開いた。中にある心臓を見て、少し顔をしかめた。

「五歳児に移植する心臓にしては少し大きいな」

「仕方ないですよ。お願いします」

「わかりました。わたしも大いに興味があります。本当に心臓や腎臓に記憶が宿るのか。期待しましょう」

渋沢はメスを握ると、春斗のクローンの胸骨の上部に刃を立てようとした。

「警察だ！」

長谷部の大きな声が上がった。

祐一と最上博士は長谷部のあとに続き、リビングに足を踏み入れた。田部春斗の家族に一刻の猶予も与えないために、相手の不意を突く形での強行突入を決行したのだ。

テーブルの上に裸の男の子が横たわり、その傍らに二人の手術衣を着た大人がいて、まさに少年の身体にメスの刃が立てられようとしているところだった。

「両手を挙げて、少年から離れろ」

医師らしき男が両手を挙げ、一歩少年から距離を取ったが、女のほうは従わなかった。半狂乱になりながら叫んだ。

「何なの、あなたたち！」

長谷部も怒鳴り返す。

「警察だ。遠藤和馬を殺害した容疑で逮捕する」

「殺してなんていない。わたしはただ心臓を返してもらっただけ！」

「そんな理屈が通るか」

祐一はといえば、全裸の少年の身体に目を奪われていた。腹部に切開した痕があった。腎臓の手術はおこなわれてしまったようだ。次は心臓を埋め込む番だったのだ。

横たわる少年を見て、祐一は混乱した。頭に大きな疑問が浮かんでいた。

「この少年は誰ですか？」

田部美鈴が答えた。

「春斗です」

「春斗君は交通事故で亡くなったはずでは？」

「ええ。この子は春斗のクローンの春斗です」

最上は雷に打たれたようにその場で動けずに震えていた。

「むごいよ……。クローンだって一個の人格を持って生きているんだよ。あなたはクローンの人格を無視している」

「そんなことはあなたに言われなくとも、わたしが一番よくわかっています。五年も育て上げてきたんです。それでも、十四歳まで生きた春斗を忘れることはわたしにはできなかった」

祐一は田部美鈴の悲しみを思うと何も言えなかった。

「この子の身体の中で二人が一つになればいい、そう思ったんです。二人ともわたしの大事な子供だから……」

美鈴は、春斗のクローンを抱きしめ、涙を流した。

8

「小比類巻、殺人事件の被疑者と被害者の関係で一番多いのはどんな間柄か知っているか？」

報告を終えると、島崎はそんなことを言ったが、それが問いのようではないと思ったので、祐一は答えを知っていたが黙っていた。

島崎はすぐに続けた。

「家族だ。家族は濃密な人間関係にならざるを得ないからな。愛情も深ければ、また憎しみも深くなるんだろうな。うちの聖司(せいじ)も高校時代の一時期、引きこもりがちになったときには、いらいらさせられたものだ。コーヒー、飲むだろ？」

「いただきます」

コピ・ルアクだと思ったので、心躍らせて答えた。

島崎はカップの縁にドリップコーヒーのバッグをかけて、電気ケトルからお湯を注いだ。よく見ると、コピ・ルアクではなく、そのへんのスーパーで売っているような廉価なドリップコーヒーのようだ。

「今回の事案だが、残念ながら殺人では起訴できないかもしれない」

「は？」

「もちろん、完全自己完結型の人工臓器の話は表に出すつもりはない。田部美鈴を起訴するにしても、遠藤和馬の心臓を摘出して死に至らしめた殺人容疑ということになる」

「それでいいじゃないですか」

「それがそういうわけにもいかないんだ」

島崎はお湯を注ぎ終えると、重たい息を吐いてソファの背にもたれた。

「飲んでいいぞ。バッグはこの皿に。いやな、遠藤和馬に移植された心臓の所有権は、遺族にあると言い出しているんだ」

祐一はバッグを外してから、カップに口をつけた。

「そんなことはありえないでしょう。移植された臓器の所有権は受給者に移転されるのでは？」

「ことはそう単純じゃない。この国において、死んだ人間の臓器は〝物〟として扱われるのが通例で、死体の所有者すなわち埋葬権者あるいは相続人のものだと考えられている。物だから、動産であり、所有権も移転しうる。おまえが言ったとおり、本来ならば、その所有権は移植されたレシピエントに移ると考えるのが普通だ。

しかしだ。記憶転移なるものが現実に起こり、臓器に故人の記憶が宿っているとなると厄介な問題が持ち上がる。人格権が発生するというんだ。いや、実際のところ、故人の臓器は故人のDNAを持っているわけで、人格権は発生しているんだが、記憶を持っているとなると、さらに複雑になる」

祐一は驚くとともに呆れた。

「そんな話になっているんですか……」

島崎は疲れた声で続けた。

「もしも、マスコミがこの話題に食いついて、移植された臓器の所有権の話がメディアなんかに流れたら、それでなくとも少ない臓器バンクの登録者数は激減するだろうな。そういう事態はなんとしても避けたい」

「だからと言って……、殺人事件は殺人事件です」

「遠藤和馬は五年前に心臓を移植されなければ、とっくに死んでいたんだからな。まあ、五年分はかりそめの命だったと思ってもらうしかないな」

祐一は島崎の発言に唖然としたが、島崎は自分の中ではすでに決定を下し、話は済んだというようにコーヒーを楽しんでいた。

祐一は、島崎にも、そしてコーヒーの味にもがっかりしていた。


しばらくして長谷部から連絡があり、捜査会議室に顔を出してみると、意外な報告を受けた。

「コヒさん、黛美羽をひき逃げし、須藤朱莉に放射性物質入りのネックレスを渡したという男が自首してきたんだが……」

「朗報じゃないですか」

祐一は肩の荷が下りた気がしたほど喜びかけたが、長谷部は何だか腑に落ちないような顔をしていた。

「見ればわかるが、それがそうでもないんだ。こっちだ」

会田崇と名乗るその人物は、捜査会議室の隣にある部屋にいた。中へ入ると、玉置と森生に挟まれるようにして、両手に手錠をかけられた、細面の彫りの深い男が座っていた。着古したジーンズに同様のシャツを着ている。

面貌を見てすぐに、祐一は相手が何者であるかわかった。

——カーンと同じクローンだ。

もう一つ、わかったことがあった。

会田という男は焦点の定まらない目でぼんやりと、入室してきた祐一を見つめていた。

「あなたが黛美羽をひき殺したんですか？」

「はい」

どこか男の様子がおかしい。すぐに知能レベルが低いのではないかと察した。

祐一は長谷部と一緒に部屋を出た。

「カーンのクローンのようですね」

「そのようだな。刑事の勘だが、あいつはやってない。身代わりで自首してきたんだ」

祐一は言葉を失った。

「ボディハッカー・ジャパン協会にはカーンの仲間の複数のクローンがいて、会田と名乗るあいつのように、知能レベルが低く簡単に洗脳できる身代わりがたくさんいるのかもしれない」

長谷部は真剣な表情で、心なしかおびえた様子だった。

「コヒさん、おれたちの敵はけっこう厄介な相手だな」

――カーンを敵に回さないほうがいい。この世界の上層階級にネットワークを張るカーンの力には他のどんな組織もかなわないからな。

祐一は三枝の言葉を思い出して震えた。

終章

六本木にあるボディハッカー・ジャパン協会本部を訪ねると、カール・カーンが一階ロビーにあるラウンジで待っていた。相変わらずの作務衣姿であり、銀色の四肢が輝いていた。テーブルの前には紫色のスムージーのようなものが置かれている。

前回、カーンからは同協会の会員情報が盗まれたこと、何らかの実害が出るかもしれないと打ち明けられた。今回の訪問はその後の状況についての報告のようなものであった。

祐一がカーンの前に座ると、協会の職員がカーンと同じ紫色のスムージーを運んできてくれた。

祐一はそれには口をつけずに始めることにした。

「いくつかご報告したいことがあります。まず、ボディハッカー・ジャパン協会の会員情報が流出した件ですが、いまなお誰がこちらのサーバーにバックドアを仕掛け、情報を盗み出したのかはわかりません。ですが、その情報の流出によって生じた二件の事案、槇原豊さんが移植された腎臓と人工腎臓と交換した案件と、遠藤和馬さんが移植された心臓を摘出され殺害された事件につきましては、犯人も見つかり、何とか無事解決できそうです。犯人はハッカーから会員情報を買ったものと思われます」

カーンは喜んでいいものかどうか判断しかねるというように眉根を寄せた。

「そうですか。それはよかったです。このたびは本当にお手数をおかけしました」

「それともう一つ」

祐一はカーンに斬り込むような心持ちで言った。

「こちらの協会の会員である会田崇という男が、黛美羽という女性を車でひき殺した件と、放射性物質を混入したネックレスを須藤朱莉に渡して殺害しようとした件、以上二件の容疑で逮捕されました」

カーンは残念そうにかぶりを振った。

「嘆かわしいことです。どうかその者を厳罰に処してください」

「会田容疑者は放射性物質をダークウェブで購入したと話していますが、サイバー関連の知識に乏しいようにも感じられ、わたしは、会田容疑者は身代わりで出頭したのではないかと疑っています。それと、奇妙なことですが、会田容疑者は見た目があなたとそっくりなんです」

「見た目が似ている人間はたまにいるものですよ」

「あなたがクローンであることはわかっています」

「証拠がありますか？」

「DNA検査をすればわかりますが、あなたは拒否するでしょうね」

「ええ、拒否しますね。DNA情報は究極のプライバシーですから」

「あなたは会田容疑者に出頭するよう命じましたか？」

「いいえ」

「あなたは黛美羽と須藤朱莉の殺害の指示を誰かに与えましたか？」

カーンは首を振った。

「いいえ」

「いいでしょう。国家権力とあなたがたの団結力、どちらが勝つか、見ものです」

祐一が席を立つと、「小比類巻警視正」と声がかかった。

「わたしのほうはあなたと仲よくしたいと思っているんですよ。このたびのお詫びといっては何ですが、わたしにできることはありませんか？　ボディハッカー・ジャパン協会は超最先端の科学技術に通じています。いま現在一般には行われていないような、スーパーエッジといわれる超最先端技術によって、治らないとされる病を治すことも可能です。どこかお身体で具合の悪いところなどありませんか？」

「いいえ、至って健康です」

「そうですか。それならば、通常の科学技術では解決が困難と思われる事態におちいった場合には、どうぞ遠慮なくおっしゃってください」

祐一は辞去しようとしたが、足が床にへばりついたように動かなかった。

カーンに水を向けられたのだ。スーパーエッジを用いて、現代の科学技術では果たしえないことをやってみたいのではないかと。

冷凍保存された亜美を生き返らせたいのではないかと。

スーパーエッジならば、亜美をよみがえらせることができるのか？

口が開きかけた。

カーンが見ていた。祐一の口から待望の言葉が漏れるのを、いまかいまかと待ち構えている。祐一の最大の弱みを握ろうとしているのだ。カーンに借りをつくれば、三枝同様、軍門に降ることになる。

——亜美を助けてやってほしい。

その言葉だけは吐いてなるものか。

「失礼します」

祐一が何とかそう言うと、カーンの顔から表情が消えた気がした。落胆したのだ。

立ち去りながらほっと安堵の息を漏らしたが、次にまた誘惑を受けたら、はねのけることができるだろうかと、祐一は案じた。


その秘密の地下通路の存在を知る者は少ない。沢田克也は秘密を知る数少ない一人だったが、通路の先にあるものたちが何者で、なぜ存在するのかまでは、誰にも知らされていなかった。

通路は奥の部屋から流れてくる冷気により肌寒い。沢田は身震いした。おぞけを震ったのかもしれなかった。

奥にある扉を通り抜けるためには、瞳の虹彩の生体認証をクリアしなければならない。

沢田は認証をパスする権限を与えられているが、沢田と同じクローンならば誰でもパスできるというわけではない。遺伝的に同一のクローンでも瞳の虹彩や指紋はそれぞれ異なるからだ。

ドア脇に取り付けられたスキャナーに瞳の虹彩を読み取らせると、電子音が鳴って扉がスライドして開いた。

そこはトランスブレインズ社の所有する冷却器保管所に似ている。二メートルほどの大きさのカプセルがずらりと立った状態で並び、その中には裸の男が自分の目覚める番が来るのを待っている。五十体近くはいるだろうか。

彼らはみな同じ顔をしている。

沢田は手近にある一つのカプセルの窓を覗いた。自分とそっくりの顔はいつ見ても薄気味悪く感じた。男は生きている証拠に、瞼(まぶた)がぴくぴくと動き、レム睡眠状態にあることがわかる。

「何か楽しい夢でも見ているのか、クローン?」

カプセルの腰のあたりには、男の名前を示すネームプレートがつけられてあったが、沢田は彼らの名を呼びたくはないと思った。彼らはクローンの中でも〝出来損ない〟であると聞いていた。

こいつらは、おれか誰かの身代わりになるか、万が一のときに臓器を提供するしか使い道がないのか？

それが生まれてきた意味とは悲しいものだな。

そんなことを思いながら、沢田は眠れる男たちをながめていた。

主な参考文献

『ゲノム編集からはじまる新世界』 小林雅一 朝日新聞出版
『CRISPR（クリスパー） 究極の遺伝子編集技術の発見』
ジェニファー・ダウドナ サミュエル・スターンバーグ 文藝春秋
『マンモスを再生せよ』 ベン・メズリック 文藝春秋
『合成生物学の衝撃』 須田桃子 文藝春秋
『コネクトーム』 セバスチャン・スン 草思社
『生命のニューサイエンス』 ルパート・シェルドレイク 工作舎
『Beyond Human 超人類の時代へ』
イブ・ヘロルド ディスカヴァー・トゥエンティワン
『記憶する心臓―ある心臓移植患者の手記』

クレア・シルヴィア　ウィリアム・ノヴァック　角川書店
「我々は「6度目の大量絶滅」の過程にいる？　昆虫の減少が表す危険なサイン」
Business insider JAPAN
「ヒト由来物質をめぐる法的課題　わが国の議論」　岩志和一郎

本作はフィクションであり、作中の登場人物、事件、団体、商標などは、実在のものとは関係がありません。作中で触れられている科学的事象に関しましては、過去のSFが現実になる時代において、基本的に事実のみを記載しています。物語をエンターテインメントにするための論理の飛躍は多少行いました。人類の叡智の結晶である科学はわれわれにユートピアをもたらしてくれるかもしれませんが、良識と良心を失えば、それがディストピアにもなりかねません。読者のみなさまには、科学の素晴らしさと幾ばくかの危うさを、ミステリーの中で、楽しんでいただけましたら幸いです。

（著者）

光文社文庫

文庫書下ろし

SCIS 科学犯罪捜査班Ⅲ　天才科学者・最上友紀子の挑戦

著者　中村　啓

2020年10月20日　初版1刷発行
2022年4月15日　2刷発行

発行者　鈴木広和
印刷　新藤慶昌堂
製本　榎本製本

発行所　株式会社　光文社
〒112-8011　東京都文京区音羽1-16-6
電話 (03)5395-8149　編集部
8116　書籍販売部
8125　業務部

ISBN978-4-334-79098-1　Printed in Japan

組版　萩原印刷